KrimiMagazin

Band 2

Mordslust

KrimiMagazin

Band 2

Westarp Verlag

Herausgeber:
Virgilio Iafrate
c/o Literaturbetreuung
Klaus Middendorf
München 089/57 63 74
Idee: Reinhard Jahn
Konzept: Wolf Graf von Westarp
Umschlagfoto: Jean-Gilles Quénum

Satz: Bredenbeck Fotosatz Dortmund
Druck: Ebner Ulm

ISBN: 3 923456 51 4

Inhalt

Werner Waldhoff *Zwischenstation* 7
Stephen King
Der Mann, der niemandem die Hand geben wollte 12
Horst Bieber *Das Geschäft zu zweit* 38
Friedrich Glauser *Totenklage* 46
Claretta Cerio *Ihr Mann im Jenseits* 56
Don Ridgemond *Mister Zehn-Prozent* 77
Thomas R. P. Mielke *Ein Mord im Weltraum* 82
Friedhelm Werremeier *Brain Trust* 104
Klaus-Peter Wolf *Unter Menschen* 138
Harald Braem *Wer zweimal stirbt . . .* 144
Max von der Grün *Die Absturzstelle* 151

Werner Waldhoff

Zwischenstation

Das Bild war schlecht. Die Beschreibung war schlecht. Trotzdem erkannte er sie sofort. Die Haltung, die Blicke, die schnellen Bewegungen von Kopf und Händen. Man erkannte ihre Sorte an unzähligen Kleinigkeiten, wenn man die nötige Übung hatte. Er hatte mehr als die nötige Übung. Er war lange genug dabei.

Eine Zeitlang beobachtete er sie von der anderen Straßenseite. Sie saß am äußersten rechten Rand des Straßencafés, sprung-, fast fluchtbereit. Bei der geringsten Kleinigkeit würde sie losrennen. Meine Güte, dachte er, bloß das nicht.

Er ging hinüber und setzte sich an ihren Tisch, begann, die Reihe der Erkennungszeichen durchzuspielen. Nach dem zweiten Teil sagte sie ungeduldig: »Schon gut, ich glaub's Ihnen ja.«

Er seufzte innerlich. Sie waren alle gleich. Für ihre Sicherheit sollte alles getan werden, andere sollten sich dafür die Hacken ablaufen, um möglichst jedes Risiko auszuschalten, aber sie selbst waren nicht bereit, ihren Teil beizutragen. Unkooperativ. Egozentrisch. Egoistisch. »Auf Wiedersehn«, sagte er.

Nach ein paar Schritten hatte sie ihn eingeholt. »Wiederholen Sie den letzten Satz«, bat sie.

»Das Kleid steht Ihnen ausgezeichnet.« Es gelang ihm, jede Spur von Ungeduld aus seiner Stimme herauszuhalten.

»Ich bitte Sie, es ist die Mode von vorgestern«, murmelte sie die entsprechende Antwort. Zum ersten Mal sah sie ihn voll an. »Es kommt mir nur so überflüssig vor.«

Auch er fand diese umständlichen Erkennungszeremonien albern und lächerlich, aber oft genug hatten sie ihren

Zweck erfüllt. Und das war mehr, als sich von den meisten albernen Dingen sagen ließ.

»Sind Sie endlich überzeugt, daß ich die Richtige bin?«

Sie hieß Anna Terentz, war relativ jung, relativ hübsch, relativ wichtig. Er besaß keine Informationen, warum und für wen sie wichtig war und weshalb sie durchgeschleust werden mußte. Man hatte sie in dem Glauben gelassen, daß ihr Mann sie erwarten würde. Niemand hatte ihr gesagt, daß ihr Mann sich vor acht Tagen in Paris in ein Auto gesetzt und den Zündschlüssel gedreht hatte. Die Explosion hatte noch in hundert Metern Entfernung die Fensterscheiben klirren lassen. Die örtlichen Behörden bemühten sich immer noch um eine Identifizierung anhand der aufgefundenen Einzelteile. Keines von ihnen war sonderlich groß gewesen.

Er wartete, bis sie die Straße überquert hatten. Sie gingen in keine bestimmte Richtung. »Ist auf der Fahrt hierher irgendwas passiert, das ich wissen müßte? Irgendwas Ungewöhnliches?«

»Nein. Ich hätte es Ihnen schon gesagt.«

»Haben Sie überhaupt kein Gepäck?«

»Am Bahnhof. Einen Koffer und eine Tasche. Nur das Nötigste. Wir müßten die Sachen noch holen.«

»Das Nötigste besorge ich Ihnen. Vergessen Sie den Rest.«

Für einen Moment schien sie heftig widersprechen zu wollen, aber dann sagte sie nur leise: »Es sind auch Dinge dabei, die man nicht vergessen kann.« Sie zögerte. »Und wie geht es weiter?«

»Sie werden ein paar Tage hierbleiben müssen. Keine Angst, man sorgt für Sie. Sie brauchen sich um nichts zu kümmern.«

»Das ist nichts Neues«, sagte sie flach. Vielleicht Bitterkeit. Vielleicht auch nur Müdigkeit. Sie mußte müde sein.

Er brachte sie in einem lange nicht mehr benutzten Quartier unter. Er wechselte ständig, obwohl er nicht davon überzeugt war, daß dadurch die Sicherheit erhöht wurde. Anna stellte plötzlich überraschend viele Fragen, und er antwortete ausweichend.

»Sie verlassen jedenfalls unter keinen Umständen dieses Zimmer«, schärfte er ihr nochmals ein. »Nahrungsmittel sind genügend vorhanden. Nur wenn jemand ohne das vereinbarte Zeichen gewaltsam einzudringen versucht, benützen Sie den Notausgang. Keine Panik, Sie haben genügend Zeit. Wiederholen Sie die Telefonnummer, die ich Ihnen gegeben habe!«

Sie wiederholte die Nummer.

»Gut so. Machen Sie sich keine Sorgen. Sie sind nicht gefährdet.« Hoffentlich nicht, dachte er, nachdem er sie verlassen hatte. Hoffentlich ist sie nicht zu wichtig. Hoffentlich ist das Interesse an ihr nicht zu groß. Er betrat die nächste Telefonzelle und wählte eine lange Nummer. Es wurde ein langes Gespräch.

Nach zwei Tagen besuchte er sie. Nachdem er das Signal gegeben hatte, schloß er die Tür mit seinem Schlüssel auf. Das Zimmer war sauber, aufgeräumt und leer.

Er wartete eine Stunde. Kurz nach elf Uhr nachts kam sie über den Notausgang zurück. Er sah sie an, sagte aber nichts.

»Na und? Seit zwei Tagen lassen Sie mich hier sitzen«, fuhr sie ihn an. »Ich mußte einfach mal an die frische Luft. Hier erstickt man ja.«

Er betrachtete seine Fingernägel. »Sie können mit Ihrem Leben umgehen, wie Sie wollen. Aber sie gefährden nicht nur sich, sondern auch andere.«

Eine Weile blieb es still. Dann sagte sie: »Es tut mir leid. Ich hab es einfach nicht mehr ausgehalten.«

Er nickte. Anscheinend hatte sie in ihrem Leben noch nicht viel auszuhalten gehabt. Sie kam auf ihn zu, ließ die Arme sinken und lehnte sich leicht an ihn, kaum spürte er die Berührung.

Es war eine vollkommen mutlose Geste; sie rührte ihn. Er widerstand der Versuchung, sie zu umarmen. »Die Wartezeit ist vorbei, morgen geht's los«, sagte er.

Die Einzelheiten waren unkompliziert. Sie würde morgen abend punkt zehn Uhr das Haus verlassen und die Straße nach links hinuntergehen. Ein schwarzes Auto würde ihr entgegenkommen, der Fahrer würde kurz vor ihr eine Zigarettenkippe aus dem Fenster werfen und halten. Sie brauchte dann nur noch hinten einzusteigen und sich um nichts mehr zu kümmern. Sollte die Zigarettenkippe fehlen, hatte sie einfach weiterzugehen, auf dem nächsten Weg in ihr Quartier zurückzukehren und weitere Weisungen abzuwarten.

»Haben Sie alles verstanden?«

Sie nickte. »Eine Fahrkarte kaufen ist schwieriger. Und selbst das hab ich bereits ohne Schwierigkeiten geschafft.«

Er war nicht sicher, ob sie versuchte, ironisch zu sein.

Punkt zehn verließ Anna Terentz am nächsten Abend das Haus. Sie versuchte, langsam zu gehen, obwohl sie lieber schnell gegangen wäre. Ihre Schritte verloren den Rhythmus, sie bewegte sich wie in einem dunklen Raum voller unbekannter Hindernisse.

Nach zweihundert Metern bog der schwarze Wagen um die Ecke, und sie atmete auf. Die Zigarettenkippe flog dicht vor ihr aus dem Fenster, und sie lief um den kleinen Kastenwagen herum auf die Hintertür zu. Ein zweiter Wagen kam näher. Sie hörte keinen der Schüsse. Die erste Kugel fegte sie vom Bürgersteig gegen die Hauswand, die zweite Kugel hielt sie dort für ein paar Sekunden fest, bevor sie in sich zusammenrutschte und liegenblieb.

Er verließ seinen Beobachtungsposten und ging die Straße in entgegengesetzter Richtung davon. Zwei Querstraßen weiter betrat er eine Telefonzelle. Es kostete ihn Überwindung, die lange Nummer zu wählen.

»Ja«, sagte er. »Ja. Keine Komplikationen. Alles einwandfrei gelaufen. Wie immer.« Der Hörer in seiner Hand schien noch schwerer zu werden. »Ja, die Überweisung auch wie immer.« Er legte auf. Eine leichte Übelkeit kam und verging wieder. In letzter Zeit häuften sich die Momente, wo er sich fragte, ob das Geld, das man ihm zahlte, alles andere aufwog: die Gedanken, die Träume, den Blick in den Spiegel. Noch zweimal, dann würde er Schluß machen. Oder dreimal. Höchstens. Es war Zeit. Aber schließlich war es nicht seine Schuld. Es hätte auch anders passieren können, ohne sein Zutun. Es gab so viele Möglichkeiten. Es war nicht seine Schuld. Nicht nur.

Werner Waldhoff: geb. 1943, Breslau; Studium der Physik, Wirtschaftswissenschaft und Informatik, dazwischen christliche Seefahrt: Amerika, Afrika, Südostasien und China. Längere Auslandsaufenthalte. Lebt heute als freier Schriftsteller überwiegend in Spanien und in der Bundesrepublik.

Deutsche Erstveröffentlichung.

Stephen King

Der Mann, der niemandem die Hand geben wollte

Stevens servierte die Getränke, und kurz nach acht Uhr zogen sich an jenem bitterkalten Winterabend die meisten von uns damit in die Bibliothek zurück. Eine Zeitlang herrschte Schweigen. Nur das Knistern des Feuers im Kamin, das leise Klacken von Billardkugeln und das Heulen des Windes vor den Fenstern war zu hören. Hier drinnen, im Haus 249B der East 35th, war es sehr warm.

Ich erinnere mich daran, daß David Adley an jenem Abend rechts von mir saß und links von mir Emlyn McCarron, der uns einmal eine schreckliche Geschichte über eine Frau erzählt hatte, die unter ungewöhnlichen Umständen geboren hatte. Neben ihm saß Johanssen, sein gefaltetes »Wall Street Journal« auf dem Schoß.

Stevens trat mit einem kleinen weißen Päckchen ein und überreichte es ohne Zögern George Gregson. Stevens ist trotz seines schwachen Brooklyn-Akzents (oder vielleicht gerade deshalb) der perfekte Butler, aber seine bemerkenswerteste Eigenschaft ist meiner Meinung nach, daß er immer weiß, wem er das Päckchen geben muß, auch wenn niemand danach fragt.

George, der in seinem hohen Ohrensessel saß, nahm es ohne Proteste entgegen und starrte in den Kamin, der so groß ist, daß man darin einen ausgewachsenen Ochsen braten könnte. Ich sah, wie sein Blick zu der in den Schlußstein eingemeißelten Inschrift schweifte: *Es kommt auf die Geschichte an, nicht auf den Erzähler.*

Er riß das Päckchen mit seinen alten, zittrigen Fingern auf und warf den Inhalt ins Feuer. Einen Augenblick lang leuchteten die Flammen in allen Regenbogenfarben, und ein leises Lachen ertönte. Ich drehte mich um und sah, daß Stevens im Hintergrund neben der Tür stand. Er hatte die Arme auf dem Rücken verschränkt. Sein Gesicht war völlig ausdruckslos.

Vermutlich zuckten wir alle zusammen, als die krächzende Stimme das Schweigen brach; ich jedenfalls tat es.

»Ich habe einmal miterlebt, wie in eben diesem Zimmer ein Mann ermordet wurde«, sagte George Gregson, »obwohl kein Geschworener den Mörder verurteilt hätte. Aber zu guter Letzt verurteilte er sich selbst – und war sein eigener Henker!«

Er legte eine Pause ein, um seine Pfeife anzuzünden. Sein narbiges Gesicht wurde in bläuliche Rauchwolken gehüllt, und er löschte das Streichholz mit den langsamen, vorsichtigen Bewegungen eines Mannes, dessen Gelenke stark schmerzen. Er warf das Streichholz in den Kamin, wo es auf der Asche des Päckchens landete. Er beobachtete, wie die Flammen das Streichholz verzehrten. Seine scharfen blauen Augen brüteten unter den buschigen schwarzen Brauen, die von weißen Fäden durchzogen waren. Seine Nase war groß und gebogen, seine Lippen dünn und fest, und seine Schultern stießen fast an die Rückseite seines Schädels.

»Spann uns nicht auf die Folter, George!« brummte Peter Andrews. »Nun erzähl schon!«

»Nur keine Hektik.« Und wir mußten uns alle gedulden, bis seine Pfeife zu seiner vollsten Zufriedenheit brannte. Dann faltete er seine großen, etwas gichtbrüchigen Hände über einem Knie und begann:

»Also gut. Ich bin jetzt fünfundachtzig, und die Geschichte, die ich Euch erzählen möchte, hat sich ereignet, als ich so um die zwanzig herum war. Es war jedenfalls im Jahre 1919, und ich war gerade aus dem Großen Krieg zurückgekehrt. Meine Verlobte war fünf Monate zuvor an Influenza gestorben. Sie war erst neunzehn Jahre alt gewesen, und ich muß gestehen, daß ich wesentlich mehr trank und Karten spielte, als gut für mich war. Wißt ihr, sie hatte zwei Jahre auf mich gewartet und mir getreulich jede Woche einen Brief geschrieben. Vielleicht werdet ihr verstehen, warum die Sache mich so mitnahm. Ich hatte keine religiösen Überzeugungen mehr, denn die Lehren und Theorien des Christentums waren mir in den Schützengräben nur noch komisch vorgekommen, und ich hatte auch keine Familie, die mir hätte zur Seite stehen können. Deshalb waren die guten Freunde, die mir in dieser schweren Zeit halfen, so gut wie immer bei mir. Es waren insgesamt dreiundfünfzig – mehr als die meisten Menschen ihr eigen nennen können: zweiundfünfzig Karten und eine Flasche ‚Cutty-Sark'-Whisky. Ich wohnte damals schon in der Brennan Street, in der gleichen Wohnung wie heute. Nur war sie damals viel billiger, und es standen wesentlich weniger Arzneimittel herum. Trotzdem verbrachte ich die meiste Zeit hier, in 249B, denn hier fand ich so gut wie immer Partner zum Pokern.«

David Adley unterbrach ihn, und obwohl er seine Frage lächelnd vorbrachte, glaube ich, daß es ihm durchaus ernst damit war. »Und war Stevens damals auch schon hier, George?«

George drehte sich nach dem Butler um. »Waren Sie es, Stevens, oder war es Ihr Vater?«

Stevens erlaubte sich den Anflug eines Lächelns. »Nachdem 1919 schon fünfundsechzig Jahre zurückliegt, Sir, muß es mein Großvater gewesen sein.«

»Diese Stellung bleibt demnach von Generation zu Generation in Ihrer Familie?« sagte Adley fragend.

»So ist es, Sir«, erwiderte Stevens ruhig.

»Jetzt, wo ich darüber nachdenke«, sagte George, »fällt mir auf, daß eine bemerkenswerte Ähnlichkeit besteht zwischen Ihnen und Ihrem. . . sagten Sie Großvater?«

»Ja, Sir.«

»Wenn Sie und er nebeneinander stünden, würde es mir schwerfallen zu sagen, wer wer ist. . .aber so etwas läßt sich ja ohnehin nicht machen. . .«

»Nein, Sir«

»Ich hielt mich im Spielzimmer auf – es befand sich schon damals dort drüben, hinter der kleinen Tür – und legte gerade eine Patience, als ich Henry Brower zum ersten – und einzigen – Male begegnete. Einige gute Bekannte und ich wollten den Abend mit Pokern verbringen, uns fehlte aber noch ein Spielpartner. Und als Jason Davidson mir berichtete, daß George Oxley, der normalerweise unsere Runde vervollständigte, sich das Bein gebrochen habe und mit einem Streckverband im Bett liege, sah es ganz so aus, als würde an diesem Abend nichts aus unserem Spiel werden. Ich glaubte schon, mich damit abfinden zu müssen, daß es keine andere Möglichkeit gab, um meinen quälenden Gedanken zu entrinnen, als Patiencen und eine betäubende Menge Whisky; da sagte plötzlich der Kerl am entgegengesetzten Ende des Zimmers mit ruhiger angenehmer Stimme: ‚Wenn die Herren vom Pokern sprechen, so würde ich mich sehr gern am Spiel beteiligen, wenn Sie nichts dagegen haben.'

Er hatte sich bis dahin hinter der New Yorker ‚World' vergraben, so daß ich ihn nun zum erstenmal richtig sah. Er war ein junger Mann mit einem alten Gesicht, wenn ihr versteht, was ich damit meine. Einige der Züge, die ich in seinem Gesicht entdeckte, hatten seit Rosalies Tod auch mein eigenes Gesicht gezeichnet. Einige – aber nicht alle. Obwohl der Mann – nach seinen Haaren, Händen und Bewegungen zu schließen – nicht älter als achtundzwanzig sein konnte, war dieses Gesicht von leidvollen Erfahrungen geprägt, und seine dunklen Augen ließen einen nicht nur traurigen, sondern auch irgendwie gehetzten Ausdruck erkennen. Er sah ganz gut aus mit seinem kurzen gestutzten Schnurrbart und dem dunkelblonden Haar. Er trug einen gut sitzenden braunen Anzug. Der oberste Kragenknopf war geöffnet. ‚Mein Name ist Henry Brower', stellte er sich vor.

Davidson stürzte sofort auf ihn zu und wollte ihm die Hand schütteln. Aber da geschah etwas Seltsames: Brower ließ seine Zeitung fallen und riß seine Arme hoch, so daß seine Hände außer Reichweite waren. Sein Gesicht drückte wahres Entsetzen aus.

Jason stand wie angewurzelt da, völlig verwirrt, nicht so sehr verärgert, als vielmehr bestürzt. Er war erst zweiundzwanzig Jahre alt – mein Gott, wie jung wir damals alle waren! – und noch ein wenig tapsig, wie ein junger Hund.

‚Entschuldigen Sie bitte', sagte Brower sehr ernst, ‚aber ich gebe nie jemandem die Hand!'

Davidson zwinkerte mit den Augen. ‚Nie?' wiederholte er. ‚Wie seltsam! Warum denn nicht, um alles in der Welt?' Nun ja, ich sagte ja schon, daß er etwas unbeholfen war. Brower nahm ihm diese indiskrete Frage jedoch nicht übel. Mit einem offenen, aber traurigen Lächeln erklärte er: ‚Ich bin gerade erst aus Bombay zurückgekehrt. Es ist eine merkwürdige, überfüllte und schmutzige Stadt, und es wimmelt dort nur so von Krankheiten und Seuchen. Tausende von Geiern stolzieren auf den Stadtmauern umher. Ich habe mich zwei Jahre lang geschäftlich dort aufgehalten. In dieser Zeit habe ich einen Abscheu vor unserer westlichen Angewohnheit des Händeschüttelns entwickelt. Ich weiß, daß ich töricht und unhöflich bin, aber ich kann trotzdem nicht über meinen Schatten springen. Wenn Sie also bitte so freundlich sein könnten, darauf zu verzichten, ohne es mir übelzunehmen . . .'

‚Nur unter einer Bedingung', sagte Davidson lächelnd.

‚Und die wäre?'

‚Daß Sie zum Tisch hinübergehen und mit George ein Glas von dessen Whisky trinken, während ich die anderen hole.'

Brower lächelte ihm zu und nickte. Davidson eilte davon, und Brower und ich begaben uns zu dem mit grünem Filz bezogenen Tisch. Als ich ihm einen Drink anbot, lehnte er dankend ab und bestellte sich eine eigene Flasche. Ich vermutete, daß das irgendwie mit seinem seltsamen Fetisch zusammenhing, und sagte deshalb nichts. Ich hatte schon

Männer kennengelernt, deren Angst vor Bazillen und Krankheiten sogar noch ausgeprägter war – viele von euch kennen dieses Phänomen bestimmt ebenfalls.'

Es gab zustimmendes Nicken.

»,Es tut gut, hier zu sein', sagte Brower nachdenklich. ,Seit meiner Rückkehr habe ich mich von jeder menschlichen Gesellschaft ferngehalten. Aber, wissen Sie, es ist nicht gut, allein zu sein. Ich glaube, daß die völlige Isolierung von der übrigen Menschheit, selbst für einen sehr von seiner eigenen Person eingenommenen Menschen, eine Tortur sein muß.' Er äußerte diese Ansicht mit großem Nachdruck, und ich nickte zustimmend. Ich hatte eine derartige Einsamkeit in den Schützengräben kennengelernt, besonders nachts. Und in noch stärkerem Maße nach Rosalies Tod. Trotz seiner von ihm selbst eingestandenen Exzentrizität fühlte ich mich zu ihm hingezogen.

,Bombay muß faszinierend sein', sagte ich.

,Faszinierend... und furchtbar zugleich! Es gibt dort drüben Dinge, von denen unsere Philosophie keine Ahnung hat. Amüsant ist die Reaktion dieser Leute auf Autos: Die Kinder weichen ängstlich zurück, wenn eins vorüberfährt, und dann folgen sie ihm ganze Häuserblocks weit. Flugzeuge sind für die Menschen dort etwas Unverständliches und Schreckliches. Wir Amerikaner betrachten diese Erfindungen natürlich mit Gleichmut – und sogar mit Wohlgefallen! –, aber ich versichere Ihnen, daß ich genauso reagierte wie sie angesichts unserer modernen Technik, als ich zum erstenmal sah, wie ein Straßenbettler ein ganzes Paket Stahlnadeln schluckte und diese dann – eine nach der anderen – aus den offenen Wunden an seinen Fingerkuppen herauszog. Und dabei ist das wiederum etwas, das die einheimische Bevölkerung in jenem Teil der Welt als völlig natürlich empfindet. Vielleicht hätten die beiden Kulturen sich nie begegnen sollen. Vielleicht wäre es besser gewesen, wenn jede ihre eigenen Wunder für sich behalten hätte. Wenn ein Amerikaner wie Sie und ich ein Paket Nadeln verschlucken würde, so hätte das seinen langsamen, qualvollen Tod zur Folge. Und was das Auto angeht . . .' Er verstummte, und sein Gesicht bekam einen leeren und zugleich düsteren Ausdruck.

Ich wollte gerade antworten, als Stevens der Ältere mit Browers Flasche Scotch erschien, dicht gefolgt von Davidson und den anderen.

‚Ich habe allen von Ihrem kleinen Fetisch erzählt, Henry. Sie brauchen sich also keine Sorgen zu machen', erklärte Davidson. ‚Das ist Darrel Baker, der furchterregend aussehende Kerl mit dem Bart ist Andrew French, und dies ist Jack Wilden. George Gregson kennen Sie ja bereits.'

Brower lächelte und nickte allen zu, anstatt ihnen die Hand zu geben. Poker-Chips und drei neue Kartenspiele wurden geholt, Geld wurde in Chips umgetauscht, und das Spiel begann.

Wir spielten länger als sechs Stunden, und ich gewann so um die zweihundert Dollar. Darrel Baker, der kein besonders guter Spieler war, verlor etwa achthundert (was ihm allerdings nicht viel ausmachte – seinem Vater gehörten nämlich drei der größten Schuhfabriken in Neuengland), und die übrigen hatten an Bakers Pech etwa ebensoviel verdient wie ich, Davidson ein paar Dollar mehr, Brower ein paar weniger. Brower hatte damit allerdings ein echtes Kunststück vollbracht, denn er hatte meistens außerordentlich schlechte Karten gehabt. Er war sowohl beim traditionellen Spiel mit fünf Karten als auch bei der neueren Variante mit sieben Karten sehr geschickt und mehrmals hatte er durch kaltblütiges Bluffen gewonnen, was ich kaum gewagt hätte.

Etwas fiel mir besonders auf: Obwohl er ganz schön viel trank – als French die Karten für das letzte Spiel austeilte, hatte er fast die ganze Flasche Scotch gelehrt –, wurde seine Sprechweise nicht undeutlich, seine Geschicklichkeit im Kartenspiel ließ nicht nach, und er vergaß seinen seltsamen Tick keinen Augenblick. Wenn er gewonnen hatte, rührte er den Pott erst dann an, wenn er sicher sein konnte, daß alle anderen sich ihr Wechselgeld geholt oder fehlende Chips beigesteuert hatten. Und als Davidson einmal sein Glas ziemlich nahe an Browers Ellbogen abstellte, zuckte dieser wie von einer Tarantel gestochen zurück, wobei er fast sein eigenes Glas umstieß. Baker machte ein überraschtes Gesicht, aber Davidson überspielte den kleinen Zwischenfall, indem er eine Bemerkung zu einem ganz anderen Thema machte.

French teilte also, wie gesagt, die Karten aus und sagte ein Sieben-Karten-Stud an, nachdem Jack Wilden kurz zuvor verkündet hatte, daß ihm später am Morgen noch eine Fahrt nach Albany bevorstehe und er deshalb nach dem nächsten Spiel Schluß machen wolle. An dieses letzte Spiel erinnere ich mich so genau wie an meinen eigenen Namen, obwohl ich Mühe hätte zu sagen, was oder mit wem ich gestern zu Mittag gegessen habe. Eine typische Alterserscheinung, nehme ich an, aber andererseits glaube ich, daß ihr euch ebenso gut daran erinnern würdet, wenn ihr dabei gewesen wärt.

Ich hielt verdeckt zwei Herzkarten und offen eine weitere. Was Wilden und French hatten, weiß ich nicht mehr, aber Davidson hatte Herzas und Brower Pikzehn. Davidson setzte zwei Dollar – fünf war unser Höchsteinsatz –, wir hielten mit, und dann wurde die nächste offene Karte verteilt. Ich bekam ein weiteres Herz, Brower einen Pikbuben, der gut zu seiner Zehn paßte. Davidson hatte eine Drei erhalten, die sein Blatt nicht zu verbessern schien, aber er warf drei Dollar in den Pott. ‚Letztes Spiel', rief er fröhlich, ‚schmeißt ordentlich was drauf, Jungs! Es gibt da nämlich eine Dame, die morgen abend gern mit mir ausgehen möchte!'

Wenn mir damals ein Wahrsager prophezeit hätte, daß diese Bemerkung mich bis zum heutigen Tag regelrecht verfolgen würde, hätte ich ihm bestimmt nicht geglaubt.

French gab allen die dritte offene Karte. Ich kam dabei mit meinem Flush nicht weiter, aber Baker, der große Verlierer des Abends, konnte jetzt ein Paar vorweisen – ich glaube, es waren Könige. Brower hatte eine Karozwei erhalten, die ihm nichts zu nützen schien. Baker setzte den Höchstbetrag auf sein Paar, und Davidson erhöhte prompt um fünf. Alle hielten mit, und dann wurde die letzte offene Karte ausgegeben. Ich erhielt Herzkönig, der meinen Flush vervollständigte, Baker konnte aus seinem Paar einen Drilling machen, und Davidson erhielt ein zweites As, das seine Augen auffunkeln ließ. Brower bekam Kreuzdame, und ich konnte absolut nicht begreifen, warum er nicht aus dem Spiel ausschied. Sein Blatt sah nicht besser aus als andere, bei denen er im Laufe des Abends gepaßt hatte.

Die Wetten schnellten nun ziemlich in die Höhe. Baker setzte fünf, Davidson erhöhte um fünf, Brower hielt mit. Jack Wilden sagte: ‚Ich habe irgendwie den Eindruck, daß mein Paar nicht ganz ausreicht.' Er paßte. Ich setzte die zehn und erhöhte um fünf. Baker hielt mit und erhöhte wieder.

Nun, ich möchte euch nicht mit einer allzu detaillierten Beschreibung langweilen. Jedenfalls durfte in dieser Wettrunde jeder dreimal erhöhen, und Baker, Davidson und ich erhöhten dreimal um fünf Dollar. Brower hielt nur mit, wobei er jedesmal sorgfältig darauf achtete, daß alle anderen ihre Hände vom Pott zurückgezogen hatten, bevor er einzahlte. Im Pott lagen schon über zweihundert Dollar, als French uns unsere letzte verdeckte Karte gab.

Für mich hatte sie keine Bedeutung, denn meine Kombination war ja schon komplett und schien ganz erfolgversprechend. Baker setzte auf fünf, Davidson erhöhte, und wir warteten gespannt darauf, was Brower tun würde. Sein Gesicht war vom Alkohol etwas gerötet, er hatte seine Krawatte gelockert und auch den zweiten Hemdknopf geöffnet, aber er wirkte ganz ruhig. ‚Ich setze. . . und erhöhe um fünf', sagte er.

Ich blinzelte verwirrt, denn ich hatte fest damit gerechnet, daß er passen würde. Aber mein Blatt sagte mir, daß meine Gewinnchancen nicht schlecht standen, und so erhöhte ich um weitere fünf. In dieser letzten Wettrunde konnte jeder erhöhen, so oft er wollte, und der Pott wurde immer größer. Ich hörte als erster auf zu erhöhen und hielt nur noch mit, weil ich inzwischen ziemlich sicher war, daß jemand ein Full House auf der Hand haben mußte. Baker hörte kurz nach mir auf zu erhöhen und blinzelte besorgt von Davidsons As -Paar zu Browers geheimnisvollem Blatt, das völlig wertlos zu sein schien. Baker war zwar kein besonders guter Kartenspieler, aber er spürte doch, daß etwas in der Luft lag.

Davidson und Brower erhöhten noch mindestens zehnmal, vieleicht sogar noch öfter. Baker und ich hielten mit, weil wir nicht so ohne weiteres auf unsere hohen Einsätze verzichten wollten. Wir hatten alle inzwischen keine Chips mehr, und im Pott lag auch schon eine ganze Menge Banknoten.

‚Nun', sagte Davidson schließlich, nachdem er bei Browers letzter Erhöhung mitgehalten hatte, ‚ich glaube, ich möchte sehen. Wenn Sie geblufft haben, Henry, so war es eine tolle Leistung. Aber Jack hat morgen eine weite Fahrt vor sich.' Mit diesen Worten legte er einen Fünf-Dollar-Schein auf den Pott und verkündete: ‚Ich möchte sehen –'

Ich weiß nicht, wie es den anderen ging, aber ich verspürte eine große Erleichterung, die mit meinem hohen Einsatz nur wenig zu tun hatte. Aber dieses Spiel hatte allmählich etwas Mörderisches bekommen, und während Baker und ich uns im Notfall einen Verlust in dieser Höhe leisten konnten, so war das bei Jase Davidson absolut nicht der Fall. Er hatte damals gerade keine feste Beschäftigung und lebte von einem Kapital – beileibe keinem großen –, das ihm eine Tante hinterlassen hatte. Und Brower – wie gut konnte er einen solchen Verlust verkraften? Ihr dürft nicht vergessen, daß zu diesem Zeitpunkt mehr als tausend Dollar auf dem Tisch lagen.'

George unterbrach seine Erzählung. Seine Pfeife war ausgegangen.

»Nun, und was passierte dann«? Adley beugte sich aufgeregt vor. »Spann uns doch nicht so auf die Folter, George!«

»Immer mit der Ruhe«, sagte George gelassen. Er holte wieder ein Streichholz hervor, zündete es an seiner Schuhsohle an und sog an seiner Pfeife. Wir warteten gespannt, ohne ein Wort zu sagen. Draußen pfiff und heulte der Wind ums Haus.

Als die Pfeife wieder ordentlich brannte, fuhr George fort:

»Wie Ihr wißt, muß nach den Spielregeln beim Pokern derjenige als erster seine Karten zeigen, der dazu aufgefordert wird. Aber Baker konnte die Spannung nicht länger ertragen; er drehte eine seiner drei verdeckten Karten auf und präsentierte stolz vier Könige.

‚Damit bin ich mit meinem Flush geschlagen', erklärte ich.

‚Aber ich habe eine höhere Hand', sagte Davidson zu Baker und zeigte zwei seiner verdeckten Karten – zwei Asse, was insgesamt einen Vierling mit Assen ergab. ‚War ein verdammt spannendes Spiel.' Und er begann, den riesigen Pott an sich zu ziehen.

‚Warten Sie!' sagte Brower, ohne dabei seine Hand auszustrecken und Davidson in den Arm zu fallen, wie die meisten es getan hätten. Aber seine Stimme genügte. Davidson warf einen Blick auf Browers Karten, und ihm klappte buchstäblich der Unterkiefer herunter. Brower hatte alle drei verdeckten Karten umgedreht und konnte einen Straight Flush von der Acht bis zur Dame vorweisen. ‚Ich glaube, das dürfte Ihre Asse schlagen?' sagte er höflich.

Davidson wurde rot, dann weiß. ‚Ja', sagte er langsam, als sei ihm diese Tatsache erst in diesem Augenblick klargeworden. ‚Ja, so ist es.'

Ich würde sehr viel darum geben, die Motive zu kennen, die Davidson zu der nun folgenden Handlungsweise trieben. Er wußte über Browers extreme Aversion gegen Berührungen Bescheid; der Mann hatte sie an jenem Abend auf verschiedenste Weise immer wieder gezeigt. Vielleicht vergaß er diese Tatsache einfach in seinem Wunsch, Brower –

und uns allen – zu zeigen, daß er ein guter Verlierer war und sogar einen so schmerzlichen Verlust mit Sportsgeist hinnehmen konnte. Ich sagte ja schon, daß er etwas von einem tapsigen jungen Hund an sich hatte, und eine solche Geste hätte vermutlich seinem Charakter entsprochen. Aber junge Hunde können auch zuschnappen, wenn sie provoziert werden. Sie springen zwar niemandem an die Kehle, aber schon viele Leute wurden in den Finger gebissen, weil sie einen kleinen Hund zu lange mit einem Hausschuh oder einem Gummiknochen geneckt hatten. Auch ein solches Verhalten hätte zu Davidson gepaßt, wie ich ihn in Erinnerung habe. Wie gesagt, ich würde eine Menge darum geben zu wissen . . . aber an den Folgen hätte das natürlich nichts geändert.

Nachdem Davidson seine Hände vom Pott zurückgezogen hatte, streckte Brower seinerseits die Hand aus, um seinen Gewinn einzustreichen. In diesem Augenblick überzog ein Ausdruck fröhlicher Kameradschaft Davidsons Gesicht, er riß Browers Hand vom Tisch hoch und schüttelte sie kräftig. ‚Hervorragend gespielt, Henry, einfach fabelhaft! Ich glaube nicht, daß ich jemals . . .'

Brower unterbrach ihn mit einem hohen, weibischen Schrei, der in dem stillen Spielzimmer furchtbar widerhallte, und sprang so abrupt auf, daß der Tisch schwankte und fast umfiel und daß Chips, Münzen und Scheine überall hin verstreut wurden.

Wir waren von dieser plötzlichen Wendung der Ereignisse wie betäubt und saßen gleichsam zu Salzsäulen erstarrt da. Brower stolperte vom Tisch weg, wobei er seine Hand weit von sich abhielt – wie eine männliche Version von Lady Macbeth. Er war leichenblaß, und das Entsetzen in seinem Gesicht läßt sich mit Worten nicht beschreiben. Mich durchfuhr ein solcher Schrecken wie nie zuvor und nie danach in meinem Leben, wie nicht einmal damals, als ich das Telegramm mit der Nachricht von Rosalies Tod erhielt.

Dann begann er zu stöhnen. Es war ein hohler, fürchterlicher Laut, irgendwie gruftartig, wenn ihr versteht, was ich meine. Ich weiß noch, daß ich dachte: O je, der Mann ist ja wahnsinnig. Und dann murmelte er etwas völlig Absurdes: ‚Die Zündung . . . ich habe die Zündung nicht ausgeschaltet . . . oh mein Gott, es tut mir ja so leid!' Und er stürzte die Treppe zur Eingangshalle hinauf.

Ich gewann als erster meine Fassung zurück, stieß meinen Stuhl beiseite und rannte ihm nach, während die anderen immer noch um den Tisch mit dem vielen Geld herumsaßen. Sie sahen aus wie geschnitzte Inkafiguren, die einen Stammesschatz bewachen.

Die Eingangstür schwang noch hin und her, und als ich auf die Straße stürzte, sah ich Brower sofort. Er stand auf der Gehsteigkante und hielt vergeblich nach einem Taxi Ausschau. Als er mich entdeckte, duckte er sich so unglücklich, daß ich unwillkürlich Mitleid verspürte, in das sich Verwunderung mischte.

‚Hallo', sagte ich, ‚so warten Sie doch! Ich bedaure sehr, was Davidson getan hat, und ich bin sicher, daß er es nicht böse gemeint hat. Wenn Sie aber deswegen trotzdem gehen müssen, so kann man nichts machen. Aber Sie haben eine ganze Menge Geld gewonnen, und das sollen Sie auf jeden Fall bekommen.'

‚Ich hätte niemals herkommen dürfen', stöhnte er. ‚Aber ich war so völlig ausgehungert nach menschlicher Gesellschaft, daß ich . . . daß ich . . .' Ohne zu überlegen, streckte ich die Hand aus, um ihn zu berühren – die elementarste Geste, wenn man sieht, daß ein Mitmensch leidet –, aber Brower wich vor mir zurück und rief: ‚Rühren Sie mich nicht an! Genügt denn einer noch nicht? Oh Gott, warum sterbe ich nicht einfach?'

Plötzlich blickte er wie gebannt auf einen streunenden Hund mit eingefallenen Seiten und struppigem, räudigem Fell, der sich auf der anderen Seite der zu dieser frühen Morgenstunde völlig leeren Straße mit heraushängender

Zunge mühsam vorwärtsschleppte, auf drei Beinen humpelnd. Vermutlich hielt er Ausschau nach Mülltonnen, die er umwerfen und nach etwas Eßbarem durchwühlen konnte.

‚Das dort drüben könnte ich sein', sagte Brower nachdenklich, wie zu sich selbst. ‚Von allen gemieden, dazu verurteilt, immer allein zu bleiben und mich nur herauszutrauen, nachdem sich jedes andere Lebewesen hinter verschlossenen Türen in Sicherheit gebracht hat. Ein Paria-Hund!'

‚Nun machen Sie aber mal einen Punkt!' sagte ich etwas streng, denn dieses Gerede war für meine Begriffe viel zu melodramatisch. ‚Sie haben irgend einen schlimmen Schock erlitten, und offensichtlich ist etwas passiert, das Ihre Nerven in einen üblen Zustand versetzt hat, aber im Krieg habe ich tausenderlei Dinge gesehen, die . . .'

‚Sie glauben mir nicht, stimmts?' fragte er. ‚Sie halten mich für hysterisch, nicht wahr?'

‚Alter Junge, ich weiß wirklich nicht, was mit Ihnen los ist, aber eines weiß ich ganz genau: Wenn wir noch lange hier draußen in der feuchten Nachtluft herumstehen, werden wir uns beide erkälten. Wenn Sie so nett wären und wieder mit ins Haus kämen . . . nur ins Foyer, wenn Ihnen das lieber ist . . . ich werde Stevens bitten . . .'

Er warf mir einen so wilden Blick zu, daß ich mich äußerst unbehaglich fühlte. In seinen Augen war nicht einmal ein Funke von gesundem Menschenverstand übriggeblieben, und er erinnerte mich lebhaft an die Soldaten mit Frontneurose, die man in Karren von der Frontlinie abtransportiert hatte: nur noch Schatten ihrer selbst, mit schrecklich leeren, irre glänzenden Augen, wirres Zeug vor sich hin murmelnd und plärrend.

‚Möchten Sie sehen, wie ein Ausgestoßener auf den anderen reagiert?' fragte er mich, meine Worte völlig ignorierend. ‚Dann schauen Sie mal zu, was ich in fernen Anlaufhäfen gelernt habe!'

Und er hob plötzlich die Stimme und sagte gebieterisch: ‚Hund!'

Der Köter hob den Kopf, sah ihn mit rollenden Augen an (ein Auge funkelte wild; das andere war durch den grauen Star getrübt), änderte plötzlich seine Richtung und humpelte widerwillig über die Straße auf Brower zu.

Der Hund wollte eigentlich gar nicht kommen, soviel stand fest. Er wimmerte und knurrte und klemmte seinen räudigen dünnen Schwanz zwischen die Beine; aber trotzdem wurde er magisch von Brower angezogen. Direkt vor seinen Füßen legte er sich auf den Bauch, krümmte sich, zitterte und winselte. Seine eingefallenen Seiten hoben und senkten sich wie ein Blasebalg, und er rollte fürchterlich mit seinem gesunden Auge.

Brower stieß ein leises, verzweifeltes Lachen aus, das mich immer noch in meinen Träumen verfolgt, und kauerte neben dem Tier nieder. ‚Sehen Sie jetzt?' sagte er. ‚Er erkennt in mir einen Artgenossen . . . und er weiß, was ich ihm bringe!' Er streckte die Hand aus, und der Köter heulte kläglich auf, knurrte und fletschte die Zähne.

‚Nicht!' rief ich laut. ‚Er wird Sie beißen!'

Brower ignorierte meine Warnung. Im Licht der Straßenlaterne war sein Gesicht fahl und pergamentartig, und seine Augen glichen schwarzen glühenden Höhlen. ‚Unsinn!' stöhnte er. ‚Unsinn!' Ich möchte ihm nur die Hand schütteln . . . wie Ihr Freund es bei mir getan hat! Und plötzlich packte er die Pfote des Hundes und schüttelte sie. Der Köter stieß ein furchtbares Geheul aus, machte aber keine Anstalten, ihn zu beißen.

Brower stand auf. Sein Blick hatte sich wieder aufgeklärt, und abgesehen von seiner tödlichen Blässe glich er wieder dem Mann, der sich vor einigen Stunden höflich erboten hatte, mit uns zu spielen.

‚Ich gehe jetzt', sagte er ruhig. ‚Bitte entschuldigen Sie mich bei Ihren Freunden und sagen Sie ihnen, es täte mir sehr leid, daß ich mich wie ein Narr benommen habe. Vielleicht werde ich es ein anderes Mal . . . wiedergutmachen können.'

‚Wir müssen uns bei Ihnen entschuldigen', sagte ich. ‚Und haben Sie denn das Geld vergessen? Es sind mehr als tausend Dollar.'

‚O ja, das Geld!' Und sein Mund verzog sich zu einem der bittersten Lächeln, die ich je gesehen habe.

‚Sie brauchen nicht einmal mit hereinzukommen', sagte ich. ‚Wenn Sie mir versprechen, hier zu warten, bringe ich es Ihnen. Werden Sie das tun?'

‚Ja', sagte er. ‚Wenn Sie wollen, werde ich das tun.' Und er blickte nachdenklich auf den Hund, der zu seinen Füßen heulte. ‚Vielleicht würde er gern mit zu mir in meine Wohnung kommen und wenigstens einmal im Leben etwas Ordentliches essen.' Und wieder lächelte er bitter.

Ich ließ ihn stehen, bevor er es sich wieder anders überlegen konnte, und ging ins Spielzimmer zurück. Jemand — vermutlich Jack Wilden, der ein ordnungsliebender Mensch war — hatte die ganzen Chips gegen Banknoten eingetauscht und das Geld ordentlich in die Mitte des grünen Filzes gelegt. Keiner von ihnen sagte ein Wort, während ich es an mich nahm. Baker und Wilden rauchten schweigend; Jason Davidson ließ den Kopf hängen und starrte seine Füße an. Jammer und Scham standen im Gesicht geschrieben. Ich berührte ihn an der Schulter, als ich zur Treppe ging, und er warf mir einen dankbaren Blick zu.

Als ich wieder auf die Straße trat, war sie völlig menschenleer. Brower war verschwunden. Ich stand da, in jeder Hand ein Bündel Geldscheine, und blickte vergeblich in alle Richtungen. Nichts bewegte sich. Ich rief einmal seinen Namen, für den Fall, daß er irgendwo in der Nähe im Dunkeln stand, aber es kam keine Antwort. Dann blickte ich zufällig zu Boden. Der Straßenköter war noch da, aber die Tage des Herumwühlens in Mülltonnen waren für ihn vorüber. Er war mausetot. Die Flöhe und Zecken verließen seinen Körper in langen Marschkolonnen. Ich wich zurück, abgestoßen und zugleich erfüllt von namenlosem, alptraumhaftem Schrecken. Ich hatte eine Vorahnung, daß ich mit Henry Brower noch nicht fertig war, und das stimmte tatsächlich; aber ich sah ihn niemals wieder.«

Das Feuer im Kamin war bis auf wenige flackernde Flammen ausgebrannt, und langsam breitete sich Kälte aus, aber niemand bewegte sich oder sagte etwas, während George von neuem seine Pfeife stopfte. Er seufzte, schlug die Beine wieder übereinander, wobei die alten Gelenke knackten, und fuhr in seiner Erzählung fort.

»Überflüssig zu sagen, daß die anderen Spielteilnehmer einmütig meiner Meinung waren: Wir mußten Brower finden und ihm sein Geld geben. Einige von euch werden diese Einstellung vielleicht für unvernünftig halten, aber wir lebten damals noch in einem Zeitalter, wo Ehre etwas galt. Davidson war in schrecklicher Panik, als er ging. Ich versuchte, ihn beiseite zu nehmen und ihm einige freundliche Worte zu sagen, aber er schüttelte nur den Kopf und schlurfte davon. Ich ließ ihn gehen. Die ganze Sache würde für ihn schon anders aussehen, wenn er sie erst einmal überschlafen hatte, und dann konnten wir zwei gemeinsam nach Brower suchen. Wilden mußte ohnehin verreisen, und Baker hatte ‚gesellschaftliche Verpflichtungen'. Ich dachte, daß es eine gute Möglichkeit für Davidson sein würde, etwas Selbstachtung zurückzugewinnen.'

Aber als ich am nächsten Morgen zu seinem Apartment kam, stellte ich fest, daß er noch nicht aufgestanden war. Vielleicht hätte ich ihn wecken sollen, aber er war ein junger Bursche, und ich beschloß, ihn den Morgen verschlafen zu lassen und auf eigene Faust erste Erkundigungen einzuziehen.

Als erstes schaute ich hier vorbei und unterhielt mich mit Stevens . . .« Er drehte sich nach Stevens um und zog fragend eine Augenbraue hoch.

»Großvater, Sir«, sagte Stevens.

»Danke.«

»Nichts zu danken, Sir.«

Ich unterhielt mich also mit Stevens Großvater. Ich sprach

mit ihm sogar an genau der gleichen Stelle, wo Stevens jetzt steht. Er sagte mir, daß Raymond Greer, ein Mann, den ich oberflächlich kannte, sich für Brower verbürgt habe. Greer war bei der städtischen Handelskommission beschäftigt, und ich ging unverzüglich zu seinem Büro im Flatirons-Gebäude. Er empfing mich sofort.

Als ich ihm erzählte, was sich am Vorabend ereignet hatte, spiegelte sein Gesicht eine Mischung aus Mitleid, Verdruß und Furcht wider.

‚Der arme alte Henry!' rief er. ‚Ich wußte, daß es soweit kommen würde, aber ich hätte nie gedacht, daß es so schnell passieren würde!'

‚Was?' fragte ich.

‚Sein Zusammenbruch', erklärte Greer. ‚Er rührt von seinem Aufenthalt in Bombay her, und vermutlich wird niemand außer Henry selbst jemals die ganze Geschichte kennen. Aber ich werde Ihnen alles erzählen, was ich weiß.'

Die Geschichte, die ich an jenem Tag in Greers Büro zu hören bekam, führte dazu, daß mein Mitgefühl zunahm und gleichzeitig mein Verständnis vertieft wurde. Henry Brower war anscheinend unglückseligerweise in eine echte Tragödie verwickelt worden. Und wie in allen klassischen Bühnentragödien, so war sie auch in diesem Fall durch einen fatalen Fehler ausgelöst worden — nämlich durch Browers Vergeßlichkeit.

Als Mitglied der Handelskommissionsgruppe in Bombay hatte er das Privileg genossen, ein Auto benutzen zu dürfen, was dort eine ziemliche Seltenheit war. Greer erzählte, daß Brower ein fast kindliches Vergnügen daran hatte, damit durch die engen Straßen und Gassen der Stadt zu fahren, Geflügel in großen Scharen schnatternd auseinanderflattern zu lassen und zu beobachten, wie Männer und Frauen auf die Knie fielen und zu ihren heidnischen Göttern beteten. Er fuhr damit überall hin und erregte immer großes Aufsehen. Riesige Scharen zerlumpter Kinder folgten ihm, aber wenn er ihnen anbot, sie in der wunderbaren Maschine mitzunehmen, was er immer tat, trauten sie sich nicht. Das Auto war ein Ford Modell A mit einer Lieferwagen-Karosserie, und es gehörte zu den ersten Autos, die nicht nur mit einer Kurbel angelassen werden konnten, sondern einfach durch einen Knopfdruck. Behaltet das bitte im Kopf.

Eines Tages fuhr Brower mit diesem Auto quer durch die ganze Stadt, um eines der einheimischen ‚hohen Tiere' zu besuchen und mit diesem über eventuelle Lieferungen von Juteseilen zu verhandeln. Er erregte natürlich wie immer großes Aufsehen, als der Ford durch die Straßen rollte, knatternd wie ein Maschinengewehr – und natürlich folgten die Kinder.

Brower war bei dem Jutehersteller zum Abendessen eingeladen. Das war eine sehr förmliche, zeremonielle Angelegenheit. Gespeist wurde auf einer offenen Terrasse hoch über der überfüllten Straße. Man war erst beim zweiten Gang angelangt, als unter ihnen plötzlich das vertraute laute, hustende Dröhnen des Automotors ertönte, begleitet von Schreien und Gekreische.

Einer der mutigeren Jungen – der Sohn eines obskuren heiligen Mannes – war in das Auto geklettert, überzeugt davon, daß der geheimnisvolle Drachen, der sich unter dem Metall verbergen mußte, ohne den weißen Mann am Steuer nicht aufgeweckt werden konnte. Und Brower, der gespannt auf die bevorstehenden Verhandlungen gewesen war, hatte die Zündung nicht ausgeschaltet.

Man kann sich leicht vorstellen, wie der Junge unter den bewundernden Blicken seiner Kameraden immer mutiger wurde, wie er den Spiegel berührte, das Lenkrad bewegte und das Geräusch der Hupe nachahmte. Je häufiger er dem Drachen unter der Motorhaube eine lange Nase machte, desto ehrfürchtiger müssen die anderen Jungen ihn angestaunt haben.

Er muß mit dem Fuß die Kupplung betätigt haben, während er gleichzeitig auf den Anlasserknopf drückte. Der Motor war noch warm; er sprang deshalb auch sofort an. Zu

Tode erschrocken, wie er gewesen sein muß, wird der Junge wohl versucht haben, aus dem Auto zu springen und dabei den Fuß von der Kupplung genommen haben. Wäre das Auto älter oder in schlechterem Zustand gewesen, so wäre es stehengeblieben. Aber Brower pflegte es hingebungsvoll, und so machte es einen lärmenden Satz nach vorne. Das konnte Brower gerade noch sehen, als er aus dem Haus des Juteherstellers stürzte.

Rein zufällig muß der Junge einen fatalen Fehler begangen haben. Entweder streifte er bei seinen verzweifelten Versuchen, aus dem Auto zu kommen, versehentlich mit dem Ellbogen den Gashebel, oder aber er betätigte ihn absichtlich in der panischen Hoffnung, daß das die Methode des weißen Mannes sei, den Drachen wieder in den Schlafzustand zu versetzen. Wie dem auch sei – das Unglück passierte jedenfalls. Das Auto gewann selbstmörderische Geschwindigkeit und sauste die überfüllte Straße hinab, rollte über Bündel und Ballen, zerbrach die Weidenkörbe des Tierhändlers und zerschmetterte einen Blumenkarren. Es dröhnte den Hügel hinab, direkt auf die Kurve zu, wo es über den Gehsteig in eine Steinmauer raste und als riesiger Flammenball explodierte.

George schob seine Pfeife von einem Mundwinkel in die anderen.

»Das war alles, was Greer mir berichten konnte, denn mehr hatte Brower ihm nicht erzählt. Jedenfalls nichts Vernünftiges. Der Rest war nach Greers Aussage ein wirres Gerede über den Wahnsinn, daß zwei so verschiedenartige Kulturen sich berührt hätten. Der Vater des toten Jungen griff Brower offensichtlich an und schleuderte ein geschlachtetes Huhn nach ihm, bevor andere Männer ihn wegführen konnten. Außerdem belegte er Brower noch mit einem Fluch. An dieser Stelle umspielte ein Lächeln Greers Mund, das wohl besagen sollte, daß wir beide schließlich Männer von Welt seien. Er zündete eine Zigarette an und bemerkte: ‚Wenn so etwas passiert, so darf ein Fluch nie fehlen. Diese verdammten Heiden müssen unter allen Umständen den Schein wahren. Das ist für sie das A und O.'

,Wie lautete der Fluch?' fragte ich.

,Ich dachte, Sie würden von allein darauf kommen', erwiderte Greer. ,Der Heilige brüllte, daß ein Mann, der gegen ein kleines Kind Zaubermittel anwende, ein Paria, ein Ausgestoßener werden müsse. Von nun an würde jedes Lebewesen, das Brower mit seinen Händen berühre, sterben. Von nun an und in Ewigkeit, Amen', lachte Greer.

,Und Brower glaubte daran?' erkundigte ich mich.

,Sie müssen bedenken, daß der Mann einen fürchterlichen Schock erlitten hatte', erwiderte Greer. ,Und nach dem, was Sie mir soeben erzählt haben, wird seine Besessenheit immer schlimmer anstatt besser.'

,Können Sie mir seine Adresse sagen?'

Greer wühlte einen Stoß Papiere durch und zog schließlich ein Blatt hervor. ,Ich kann allerdings nicht garantieren, daß Sie ihn dort finden werden', sagte er. ,Verständlicherweise will niemand ihn einstellen, und soviel ich weiß, hat er nicht viel Geld.'

Ich verspürte bei diesen Worten heftige Gewissensbisse, erwähnte aber nichts davon. Dazu war Greer ein bißchen zu blasiert und selbstzufrieden. Als ich mich erhob, konnte ich mir aber nicht verkneifen zu sagen: ,Ich habe gesehen, wie Brower letzte Nacht einem räudigen Straßenköter die Pfote schüttelte. Fünfzehn Minuten später war der Hund tot.'

,Tatsächlich? Wie interessant.' Er hob die Brauen, als stünde meine Bemerkung in keinem Zusammenhang mit dem soeben Besprochenen.

Ich wollte gerade gehen und reichte Greer zum Abschied die Hand, als seine Sekretärin die Tür öffnete und fragte: ,Entschuldigung, sind Sie Mr. Gregson?' Nachdem ich bejaht hatte, berichtete sie: ,Ein Mann namens Baker hat soeben angerufen. Er bittet Sie, unverzüglich in die 19th Street 23 zu kommen.'

Das machte mich ziemlich stutzig, denn ich war an jenem

Morgen schon einmal dort gewesen – es war Jason Davidsons Anschrift. Als ich Greers Büro verließ, vertiefte er sich sofort in sein ‚Wall Street Journal'. Ich habe ihn nie wiedergesehen und sehe darin keinen großen Verlust. Ich war von einer ganz spezifischen Angst erfüllt – einer Angst, die sich nicht zu einer konkreten Furcht vor etwas Bestimmtem entwickelte, weil es viel zu schrecklich und unvorstellbar war, dieses Bestimmte auch nur als Möglichkeit in Erwägung zu ziehen.

An dieser Stelle unterbrach ich seinen Bericht. ‚Mein Gott, George! Du willst uns doch wohl nicht erzählen, daß er tot war?'

‚Mausetot', sagte George. ‚Ich traf fast gleichzeitig mit dem Leichenbeschauer in Davidsons Wohnung ein. Als Todesursache wurde eine Thrombose der Herzkranzgefäße festgestellt. In sechzehn Tagen wäre er dreiundzwanzig Jahre alt geworden.'

In den folgenden Tagen versuchte ich, mir einzureden, daß das Ganze nur ein unangenehmer Zufall sei, den man am besten rasch vergessen sollte. Ich schlief nicht gut, nicht einmal mit Hilfe meines guten Freundes Mr. Cutty Sark. Ich sagte mir, daß es am besten wäre, die Einsätze jenes letzten Spiels unter uns übrige Teilnehmer aufzuteilen und zu vergessen, daß Henry Brower jemals in unser Leben getreten war. Aber ich konnte nicht. Statt dessen ließ ich mir einen Scheck über die besagte Summe ausstellen und ging zu der Adresse, die Greer mir gegeben hatte und die in Harlem war.

Er war nicht dort. Seine Postnachsendeadresse war an der East Side, in einer etwas weniger vornehmen Umgebung, wo die Ziegelhäuser aber dennoch ein gediegenes Aussehen hatten. Auch diese Wohnung hatte er schon einen Monat vor dem Pokerspiel verlassen, und die neue Adresse war im East Village, einer Gegend mit baufälligen Häusern.

Der Hausmeister, ein Mann mit einer riesigen schwarzen Dogge, die knurrend neben ihm stand, erklärte mir, daß

Brower am 3. April ausgezogen war – am Tag nach unserem Spiel. Ich fragte ihn nach einer Nachsendeadresse, und er warf den Kopf zurück und stieß ein lautes Kollern aus, das anscheinend ein Gelächter sein sollte.

‚Die einzige Adresse, die sie hinterlassen, wenn sie von hier weggehen, ist die Hölle, Boß. Aber auf ihrem Weg dorthin machen sie manchmal Zwischenstation in der Bowery.'

Damals war die Bowery tatsächlich das, wofür sie heute nur noch von Ortsfremden gehalten wird: die Heimat der Heimatlosen, der letzte Haltepunkt für jene gesichtslosen Männer, die nur noch eines wollen – eine billige Flasche Wein oder ein wenig von dem weißen Pulver, das ihnen lange Träume schenkt. Ich ging dorthin. In jener Zeit gab es dort Dutzende von billigen Unterkünften, einige wohltätige Missionshäuser, wo Betrunkene eine Nacht lang bleiben konnten, und Hunderte von Unterschlüpfen, wo ein Mann eine alte verlauste Matratze verstecken konnte. Ich sah jede Menge von Männern, die nur noch Schatten ihrer selbst waren, zugrunde gerichtet von Alkohol oder Drogen. Dort wurden keine Namen benutzt. Wenn ein Mensch erst einmal auf die unterste Stufe gesunken ist, wenn seine Leber vom Fusel zerstört, seine Nase eine offene eiternde Wunde vom ständigen Kokain- oder Pottascheschnupfen ist, wenn seine Finger von Frostbeulen verunstaltet und seine Zähne zu schwarzen Stummeln verfault sind – dann ist ein Name für ihn etwas Nutz- und Sinnloses. Aber ich beschrieb Henry Brower jedem Menschen, dem ich begegnete – ohne Erfolg. Barkeeper schüttelten den Kopf und zuckten mit den Schultern. Die anderen schauten einfach zu Boden und gingen weiter.

Ich fand ihn weder an jenem Tag noch an den folgenden. Zwei Wochen vergingen, bis ich endlich einen Mann traf, der mir sagte, daß ein Bursche, auf den diese Beschreibung passen würde, drei Nächte zuvor in Devarneys Rooms gewesen sei.

Ich begab mich dorthin; es war nur zwei Häuserblocks

von dem Gebiet entfernt, das ich abgesucht hatte. Der Mann am Empfang war ein schäbiger Alter mit einem kahlen Schädel und triefenden Augen. Im Fenster, das auf die Straße hinausging und vor Fliegendreck starrte, hing ein Schild, das besagte, daß ein Zimmer für eine Nacht hier nur zehn Cent kostete. Ich beschrieb Brower genau, und der Alte nickte dabei die ganze Zeit. Als ich geendet hatte, sagte er:

‚Ich kenne ihn, junger Herr. Kenne ihn gut. Aber ich kann mich nicht so recht erinnern . . . Ich glaube, mit einem Dollar vor mir würds besser gehen.'

Ich gab ihm einen Dollar, und er ließ ihn trotz seiner Arthritis im Handumdrehen verschwinden.

‚Er war hier, junger Herr, aber er ist fort.'

‚Wissen Sie wohin?'

‚Ich kann mich nicht so recht erinnern', sagte der Alte wieder. ‚Vielleicht mit einem Dollar vor mir . . .'

Ich gab ihm einen zweiten Geldschein, der ebenso rasch verschwand wie der erste. Etwas kam ihm anscheinend sehr komisch vor, denn aus seiner Brust stieg ein keuchendes, tuberkulöses Lachen auf.

‚Sie haben Ihren Spaß gehabt', sagte ich, ‚und sind dafür auch noch gut bezahlt worden. Also, wissen Sie nun wo der Mann ist?'

Der Alte lachte wieder. ‚Ja — sein neuer Wohnort ist Potters Field; seine Mietzeit ist die Ewigkeit, und sein Zimmergefährte ist der Teufel. Wie gefällt Ihnen diese Nachricht, junger Herr? Er muß irgendwann gestern früh gestorben sein, denn als ich ihn mittags fand, war er noch warm. Saß aufrecht am Fenster, der Kerl.' Ich war raufgegangen, um entweder zehn Cent von ihm zu kassieren oder ihm die Tür zu weisen. Und wieder ließ der senile Alte sein unangenehmes Lachen ertönen.

‚War irgend etwas an der Sache ungewöhnlich?' fragte ich. ‚Aus dem Rahmen fallend?'

‚Ich scheine mich da an etwas zu erinnern. Warten Sie mal . . .‘

Ich hielt ihm einen weiteren Dollar vor die Nase, um seinem Gedächtnis nachzuhelfen, aber diesmal lachte er nicht, obwohl der Schein ebenso rasch verschwand wie die vorhergehenden.

‚Ja, etwas war verdammt merkwürdig‘, sagte der Alte. ‚Ich hab schon ne ganze Menge gesehen. Bei Gott, das hab ich! Ich hab schon welche gefunden, die vom Haken in der Tür runterbaumelten, ich hab sie tot im Bett gefunden, ich hab sie im Januar beim Notausgang gefunden, steifgefroren, mit einer Flasche zwischen den Knien. Einmal hab ich sogar einen gefunden, der im Waschbecken ertrunken war – das ist allerdings über dreißig Jahre her. Aber dieser Bursche – er saß aufrecht da, in seinem braunen Anzug, ganz wie irgendein vornehmer Herr, das Haar ordentlich frisiert. Mit der linken Hand hielt er die rechte umklammert, ob Sies glauben oder nicht. Ich hab wie gesagt schon alles mögliche gesehen, aber er ist der einzige, den ich je gesehen habe, der gestorben ist, während er sich selbst die Hand schüttelte.‘

Ich verabschiedete mich und ging den ganzen Weg bis zu den Docks, und die Worte des Alten spulten sich in meinem Gehirn immer wieder ab, wie bei einer Schallplatte, die einen Sprung hat. Er ist der einzige, den ich je gesehen habe, der gestorben ist, während er sich selbst die Hand schüttelte.

Ich ging bis zum Ende eines Piers, dort wo das schmutzige graue Wasser gegen die Pfähle schwappte. Und dort zerriß ich den Scheck in kleine Fetzen und warf sie ins Wasser.«

George Gregson räusperte sich. Das Feuer war bis auf wenige eigensinnige Funken niedergebrannt, und die Kälte kroch ins Zimmer. Die Tische und Stühle sahen gespenstisch und unwirklich aus, wie Möbelstücke, die man flüchtig in einem Traum gesehen hat, in dem sich Vergangenheit und Gegenwart vermischten. Das erlöschende Feuer tauchte die

Buchstaben auf dem Schlußstein in mattes orangefarbenes Licht: Es kommt auf die Geschichte an, nicht auf den Erzähler.

»Ich habe ihn nur einmal gesehen, und das genügte auch völlig. Ich habe ihn nie vergessen. Aber die Sache half mir, aus meiner eigenen Depression herauszukommen, denn jeder Mann, der sich unter seinen Mitmenschen ohne Angst frei bewegen kann, ist nicht ganz allein.

Wenn Sie mir meinen Mantel bringen, Stevens, so werde ich mich jetzt nach Hause begeben — ich habe meine übliche Schlafenszeit schon weit überschritten.«

Und als Stevens den Mantel gebracht hatte, lächelte George und deutete auf ein kleines Grübchen unter Stevens linkem Mundwinkel. »Die Ähnlichkeit ist wirklich bemerkenswert, wissen Sie — Ihr Großvater hatte an genau der gleichen Stelle ebenfalls ein Grübchen.«

Stevens lächelte, erwiderte aber nichts darauf. George ging, und kurz danach gingen wir anderen auch.

Stephen King: geb. 1946, Portland/USA; einer der erfolgreichsten Erzähler traditioneller Phantastik in den USA. Sein Kennzeichen ist die Vermischung von Schockeffekten mit hintergründigem Humor, wobei er sich gängiger Topoi wie z. B. des Vampir-Mythos oder alltäglicher Psycho-Probleme wie dem der sexuellen Frustration bedient.

Der Mann, der niemandem die Hand geben wollte; aus: Stephen King: Im Morgengrauen, übers. v. Alexandra v. Reinhardt, München, Wilhelm Heyne Verlag, 1985.

Horst Bieber

Das Geschäft zu zweit

Andreas Mirloff rückte den Krawatten-Knoten zurecht, bevor er die Schwingtür des »Café am Markt« aufstieß, setzte sein Lächeln Nummer sechs auf – schüchtern, verlegen, aber gleichwohl tapfer – und musterte rasch die Gäste. Für elf Uhr morgens war das Café gut besetzt, einige wenige Männer und viele Frauen. Es summte und schnatterte pausenlos.

Sibylle Frantzen saß am Fenster und schaute ängstlich in seine Richtung. Auch ohne die verabredeten Zeitschriften auf dem Marmortischchen erkannte er sie sofort; das Bild hatte nicht gelogen, sie war tatsächlich so hübsch und selbst im hellen Sonnenschein sah sie jünger aus als 38. Gepflegt und ansehnlich, außerdem so dezent wie teuer gekleidet. Seine Laune hob sich, die Mundwinkel wechselten in Position eins – ehrliche Freude.

»Grüß Gott, Frau Frantzen«, sagte er aufgekratzt. »Ich bin Andreas Mirloff.« Seine Verbeugung war nur angedeutet, Folge der schnellen Überlegung, daß er einer solchen Frau mit übertriebener Höflichkeit nicht imponieren würde.

»Guten Tag, Herr Mirloff.« Zwei-, dreimal blinzelte sie schnell und reichte ihm dann die Hand, die er nur drückte - Handkuß war nicht angebracht. »Ich freue mich, Sie kennenzulernen. Bitte, setzen Sie sich doch!«

»Vielen Dank.« Er lachte offen und gestand: »Ich bin etwas aufgeregt.«

»Das geht mir nicht anders.«

»Obwohl ich nach unseren vielen Briefen glaubte, ich würde Sie schon gut kennen.«

»Sie nehmen mir wieder das Wort aus dem Mund.« Ihr Seufzer war nicht ernst gemeint. »Es ist . . . es ist etwas . . . ungewöhnlich, sich auf diese Art zu treffen.«

»Ja«, pflichtete er bei und betrachtete entzückt ihren Diamantring. »Beim ersten Mal ging's mir auch so, ich fühlte mich ziemlich unbehaglich.«

»Beim ersten Mal?« forschte sie, die Stimme senkend. »Dann haben Sie . . . schon häufiger auf . . . auf Annoncen geantwortet?«

»Ja, das habe ich.« Wie schön, wenn sich Ehrlichkeit und Strategie deckten. »Ich hab's Ihnen ja schon geschrieben. Meine Frau ist nach drei Jahren Ehe tödlich verunglückt. Kinder hatten wir nicht, wieder heiraten wollte ich damals nicht, tja, so wird man zum Arbeiter, der nirgendwo zu Hause ist.« Ihre weit aufgerissenen Augen signalisierten so viel Verständnis, daß er gleich einen Schritt weiterging. »Und dann ist man endlich so weit, daß man sich was leisten kann, und stellt fest, daß man nicht weiß, was oder mit wem. Freude muß man teilen, finden Sie nicht auch?«

Nach einigem Zögern nickte sie, und ihre Miene war sehr nachdenklich geworden. Genau das hatte er beabsichtigt. Frohgemut bestellte er ein Kännchen Kaffee. Der Auftakt war gelungen.

Über Mittag hatte sie was zu erledigen, er drängte nicht und verabredete sich mit ihr zum Abendessen. Beim anschließenden Wein taute sie etwas auf. Ihr Mann, ein Deutsch-Kanadier, war wesentlich älter gewesen, und seine Kinder aus erster Ehe hatten die Stiefmutter, die dem Alter nach ihre ältere Schwester sein konnte, nie richtig akzeptiert. Was sie wirklich von ihr hielten, kam nach dem Tode ihres Mannes beim Streit um das Erbe heraus. Angewidert und erschöpft hatte sie nach sechs Monaten täglicher Auseinandersetzungen eine Abfindung vorgeschlagen, die weniger war, als sie bei einem Prozeß vielleicht herausgeholt hätte, aber immer noch groß genug, um vom Ertrag des angelegten Kapitals bequem zu leben. Bequem und sogar komfortabel, wenn da diese Isolierung und Einsamkeit nicht gewachsen wären, drüben, auf der anderen Seite des Atlantik. Eines Tages entschloß sie sich, in die Bundesrepublik zurückzukehren, aber wenn sie ehrlich sein sollte – die leichte Röte stand ihr gut: Auch in seinem Heimatland konnte man nach 15 Jahren verflixt einsam sein. Alte Bekannte, Freunde, selbst die Verwandtschaft – Menschen veränderten sich sehr und nicht immer zum Besseren.

Dem konnte er nicht widersprechen. Sie zahlten getrennt, was ihn beeindruckte, und als er vor der Tür bat, sie bald wiedersehen zu dürfen, lächelte sie zerstreut: »Rufen Sie mich doch einmal an.« Weil der Fisch den Köder zwar im Maul hatte, aber noch nicht am Haken zappelte, versprach er würdevoll, sich bald wieder zu melden.

Zwei Tage wartete er, dann rief er sie an, und ihr freudiges »Schön, von Ihnen zu hören« wischte seine leisen Zweifel beiseite. Sie verstanden sich gut und hatten vieles gemeinsam: die Liebe zum Essen, zu leichten Rieslingen, in Sachen Musik schlossen sie einen Kompromiß zwischen Orchesterwerken der Klassik und Kammermusik der Romantik. Theater: Ja, beim Wort Oper verzogen sie beide wie auf Kommando säuerlich die Gesichter, lachten gemeinsam los und duzten sich anschließend. Mirloff gratulierte sich zu seinem Fang und drosselte das Tempo, weil er erst noch andere Transaktionen abschließen mußte.

»Du bist sehr viel unterwegs«, klagte sie eines Tages, und er stöhnte: »Ja, aber lange mache ich diesen Zirkus nicht mehr mit. Man wird älter, und so schön sind Hotelbetten auch nicht.«

Von Technik verstand sie nichts, und er gab es erheitert auf, ihr die Pflichten eines Revisions-Ingenieurs zu erklären. Obwohl: Ein klein wenig verstimmte ihn doch, daß sie seine verantwortungsvolle Tätigkeit nicht würdigen konnte oder wollte.

Nach drei Wochen betrat er zum ersten Mal ihre Wohnung. Vorher hatte sie ihm das Versprechen abgenommen, keine anzüglichen Bemerkungen zu machen, was er geschworen hatte und nun einhalten mußte. Die drei Räume waren mehr als sparsam möbliert, zwei Riesenkoffer ersetzten die Schränke, und die vielen kleinen Tischchen auf dem blanken Parkett entpuppten sich als Lederkoffer, schamvoll verhängt mit Leinendeckchen. Sie war seinen Blicken gefolgt und zog die Schultern hoch: »Ich suche nach einem Haus, und bis dahin lohnt es sich nicht, irgendwelche Möbel zu kaufen.«

»Willst du dich hier in der Stadt niederlassen?« fragte er neugierig.

»Ich weiß nicht«, erwiderte sie zögernd. »Das hängt davon ab.«

»Wovon?«

»Ob es sich lohnt, hier zu bleiben.«

Ihr Tonfall veranlaßte ihn, sie scharf anzusehen. Bis jetzt hatte er sie immer nur perfekt gekleidet erlebt. Doch in Jeans und weißer, enger Bluse gefiel sie ihm fast noch besser. Deswegen und weil sie mit gesenktem Kopf vor ihm stehenblieb, legte er beide Hände auf ihre Hüften und zog sie langsam an sich. Einen Moment sträubte sie sich, gab aber plötzlich nach und glitt auf seinen Schoß. Der Kuß raubte ihm den Atem und dann fast die Besinnung, sie saugte sich fest, als sei sie ausgehungert, und die schnellen Bewegungen ihrer Zunge in seinem Mund erregten ihn über das Maß der selbstgesteckten Grenzen hinaus; als sich ihre Lippen endlich trennten, fand er seine Hände fest auf ihre Brüste gepreßt,und ihre Hände wollten ihn auch nicht wegschieben, sondern knöpften in fliegender Eile die Bluse auf. Den BH riß er ihr regelrecht vom Körper, und in Windeseile hatte sie Jeans und Slip abgestreift. Das Bett war zum Glück groß genug für ihre Toberei; er übertraf sich selbst, und als sie sich endlich an ihn kuschelte, schnappte er nach Luft. Seine Lenden schmerzten so sehr, daß er einen Augenblick ernsthaft daran dachte, die Operation abzubrechen – wenn das der Normalzustand sein sollte, war er ihm schlicht nicht gewachsen.

Viel später sprachen sie gedankenvoll über ihre Zukunft. Ganz vorsichtig hatte er das Wort »Heirat« einfließen las-

sen, doch sie hatte prompt und energisch den Kopf geschüttelt: »Nein, Andy, dazu ist es viel zu früh. Laß uns abwarten. Wenn wir uns verstehen – vielleicht später.«
»Nein, Andy, dazu ist es viel zu früh. Laß uns abwarten. Wenn wir uns verstehen – vielleicht später.«

Erschöpfung und Klugheit verschlossen ihm den Mund.

In einem Punkt hatte er sich geirrt: Es wurde kein festes Verhältnis. Zwar schliefen sie oft miteinander, sie hatte viel Spaß am Sex, aber zwischen ihren Treffen lagen immer mehrere Tage, gelegentlich sogar eine Woche, und zähneknirschend mußte er die einmal gewählte Rolle als reisender Revisions-Ingenieur durchhalten. Und von Geld war zwischen ihnen ohnehin nie die Rede; auch ihre Haussuche, auf die er einige Hoffnung gesetzt hatte, schien sie aufgegeben zu haben. Die anderen Operationen hatte er mehr oder minder erfolgreich abgeschlossen, und dies alles in Rechnung gestellt, wurde Sibylle Frantzen langsam zu einem Luxus.

Nach drei Monaten leitete er strategisch einen Rückzug ein: »Hör mal, Bille, wir müssen uns ernstlich unterhalten.«

»So? Ernsthaft?« neckte sie und schielte nach unten auf seine Hand. »Worüber denn?«

»Ich hab' dir doch erzählt, daß ich diesen Reisejob loswerden möchte. Jetzt scheint's zu klappen, ich kann bei unserer Stuttgarter Filiale einen Schreibtisch-Posten bekommen.«

»Stuttgart?« murmelte sie.

»Ja. Und ehrlich gesagt – das Angebot ist so, daß ich es nicht ausschlagen möchte.«

Sie warf ihm einen seltsamen Blick zu: »Und was heißt das für uns?«

»Daß du dich entscheiden mußt – nicht jetzt sofort, natürlich nicht, aber bis zum Jahresende. Ob du mitgehst.«

Nachdenklich zog sie seine Hand zwischen ihren Beinen hervor und erkundigte sich mit flacher Stimme: »Was bedeutet das konkret?«

»Daß wir über Heirat sprechen müssen.«

Sanft, aber energisch machte sie sich frei und lief zum Sofa hinüber. An sich bot sie, nackt wie sie war, einen erfreulichen Anblick, zu dem nur ihre gerunzelte Stirn nicht paßte.

»Ist dir das so zuwider?« fragte er, wobei seine Stimme leicht vor Kränkung zitterte.

»Nein«, antwortete sie sofort, »aber es ist für mich ... Andy, es ist mir sehr peinlich, aber jetzt müssen die Karten doch einmal auf den Tisch.«

»Welche Karten?« fragte er, ehrlich mißtrauisch.

»Ich habe dir nicht ganz die Wahrheit erzählt.« Nun errötete sie tief. »Mein Vermögen ist – du weißt doch, die Abfindung, die ich mit meinen Stiefkindern ausgehandelt habe – also, die ist nicht so groß, daß ich davon in Saus und Braus leben könnte. Ich muß – ich muß schon sparen.«

Viele Berufsjahre hatten ihn gelehrt, keine Enttäuschung zu zeigen. »Ja, und?«

»Ich möchte nicht mehr von einem Mann abhängig sein. Finanziell abhängig, meine ich.«

»Willst du mich deshalb nicht heiraten?«

»Das ist der Hauptgrund«, nickte sie. »Denn sonst ... sonst passen wir ja zusammen.«

Dem konnte nur eine neue Bettübung folgen, und noch halb im Erschöpfungsdusel schlug er vor: »Wir können einen Ehevertrag schließen. Getrennte Kassen auch nach der Heirat – ich komme nicht an dein Geld, du kommst nicht an meines, und beide legen wir einen bestimmten Betrag in die Haushaltskasse. Zu zweit lebt es sich billiger, das ist ja klar.« Erst hinterher erschrak er über seine eigenen Worte. Mein Gott, was war los mit ihm? Hatte er denn völlig den Kopf verloren?

»Glaubst du wirklich?« fragte sie, und ihre Stimme klang so verändert, daß er sie erstaunt anschaute. Irgendwie hatte er das Gefühl, daß seiner Bille dieser Vorschlag nicht gefiel. **»Hast du was?«**

»Ich? Nein, nein, wirklich nicht!« versicherte sie und verschränkte beide Arme fest vor ihrem Busen.

Am nächsten Abend hatte sie keine Zeit für ihn, was ihm nur recht war, weil er mit Anna Schlagoweit verabredet war. Der Briefwechsel hatte ihn viel Zeit und Mühe gekostet; bei der Lektüre der Ergüsse der Witwe Schlagoweit hatte er manchmal mit den Zähnen geknirscht. Sie behandelte die deutsche Sprache wie ihr verstorbener Metzgermeistersgatte die Schweinehälften. Und daß sie für das erste Treffen ausgerechnet das »Alte Försterhaus« vorschlug, erfüllte ihn mit Grimm. Er haßte diesen schummrig-schwülen Miefschuppen mit seinen winzigen Zweiertischchen in lauschigen Abteilen, die nur von flackernden Kerzen erhellt wurden.

Anna Schlagoweit übertraf seine schlimmsten Befürchtungen; sie steckte in ihrem Korsett wie die Brühwurst in der Pelle und tätschelte schon nach zehn Minuten seine Hand, fünf Minuten später sein Knie. Zum Glück entwickelte der Mandellikör mit Sprudel harntreibende Wirkung; sie schob sich aus der Nische und strahlte, daß ihr Doppelkinn wackelte. In diesem Moment haßte er seinen Beruf und sehnte sich nach einer netten Freundschaft ohne Hintergedanken. Neidvoll lauschte er den Stimmen der anderen Paare. Die Frau in der Nische hinter ihm hatte einen angenehmen Tonfall.

»Mein Mann war Deutsch-Kanadier, wissen Sie, verwitwet. Ein sehr netter Mann, doch, wir kamen gut miteinander aus. Nur seine Kinder aus erster Ehe, also, ich war ja nicht viel älter, ich hätte gut die ältere Schwester sein können. Und was sie wirklich von mir hielten, nein, das offenbarte sich erst nach dem Tode meines Mannes. Was haben die sich wegen des Erbes angestellt, Sie glauben es einfach nicht! Ein halbes Jahr haben wir uns Tag für Tag gestritten, bis ich eine Abfindung vorgeschlagen habe. Sicher, bei einem Prozeß wäre vielleicht mehr herausgesprungen, aber ich konnte und wollte nicht mehr . . .«

Zuerst hatte er wie versteinert dagesessen und seinen

Ohren nicht getraut. Das durfte doch ihm nicht passieren, nicht ihm mit seiner langen Berufserfahrung –, dann stand er schnell auf, weil weit entfernt ein riesiger Schatten näherkam, vor dem er jetzt in die andere Richtung flüchtete, aber nicht, ohne am Nebentisch stehenzubleiben und ein fröhliches »Grüß Gott, Frau Kollegin« hinzuwerfen.

Billes Kopf fuhr hoch, sie zwinkerte zwei-, dreimal und bewies ihre überragenden Qualitäten, als sie keine halbe Sekunde später vergnügt antwortete: »Grüß Gott, Herr Kollege.«

Der Mann schaute noch völlig verwirrt drein; Mirloff verbeugte sich knapp in seine Richtung und wünschte, schon im fortgehen: »Noch einen schönen Abend.«

»Danke, gleichfalls«, rief sie ihm nach. »Rufen Sie mich mal an, wegen des Geschäfts?«

Das würde er. Und er hatte auch schon eine Idee, wie sich ihr gemeinsames Geschäft zu zweit betreiben ließ.

Horst Bieber: geb. 1942, Essen; Studium der Geschichte, Philosophie und Germanistik, schließlich Promotion; Volontariat bei der WAZ, seit 1970 Redakteur bei der ZEIT; veröffentlichte mehrere Kriminalromane. »Das Geschäft zu zweit« ist seine erste Krimi-Kurzgeschichte.

Deutsche Erstveröffentlichung.

Friedrich Glauser

Totenklage

Jetzt sind fünf Minuten vergangen, und niemand ist gekommen. Den Schuß hat also im Hause keiner gehört. So kann ich noch eine halbe Stunde bei dir sitzen und mit dir sprechen. Du hörst mich nicht mehr, und das ist gut so. Komm, ich will dir die blaue Pyjamajacke noch über der Brust schließen, damit ich das kleine dunkle Loch nicht mehr sehen muß. Es hat fast gar nicht geblutet. Und den Browning, der aussieht wie ein Spielzeug, will ich dir in der Hand lassen. Wie hast du das zuwege gebracht, ihn mir noch aus der Hand zu nehmen? Ja, du warst immer geschickt.

Morgen werden sie dich finden, und ich werde schon weit weg sein. Niemand hat mich kommen sehen, ich habe gut achtgegeben, und es wird mich auch niemand aus dem Haus gehen sehen. Morgen ... morgen werde ich heiraten. Er ist ein guter Kerl und hat mich lieb. Ich werde ein Heim haben und Kinder und die sechs Jahre vergessen, die ich mit dir verloren habe. Weißt du, sechs Jahre sind eine lange Zeit für eine Frau. Schau, ich bin jetzt schon neunundzwanzig, und wie habe ich mich mit dir herumgequält! Du bist wahrhaftig nicht jemand, mit dem man Staat machen kann, du bist kein Mann, auf den eine Frau stolz sein kann. Du brauchst gar nicht so niederträchtig zu lächeln. Hast du eigentlich meine Briefe verbrannt? Bei deiner bekannten Unordnung ...

Ja, so anständig bist du gewesen ... Aber was ist das? Hast du das heut abend geschrieben? Hast du denn gewußt? ... »Ich habe es satt. Ich mache Schluß. Da ich nichts besitze, ist auch ein Testament unnötig.« Und deine Unterschrift. Kurz und bündig, nicht sehr geschmackvoll. Warum nicht einige traurige Worte? Es hätte sich so schön in der Zeitung gemacht. So wird es nur zu lesen sein, ganz klein, unter »Unglücksfälle und Verbrechen«: »Gestern erschoß sich in seiner Wohnung ein gewisser N. N. Not wird wohl die Triebfeder dieser traurigen Tat gewesen sein.« Punkt. Schluß. Und unter »Gesellschaftliches« wird es heißen: »Die bekannte Geigenkünstlerin X. Y. hat sich heute mit Herrn Direktor Soundso vermählt. Die Trauung fand statt und so weiter und so weiter.« Ja, so wird es sein, denn heutzutage muß ja alles in der Zeitung stehen. Und niemand wird wissen, daß wir sechs Jahre zusammen waren. Denn dich kennt niemand, und ich war immer so vorsichtig ... Die Einzimmerwohnung hier hab ich dir doch gemietet, du hast doch von meinem Geld gelebt, sechs Jahre lang. Nicht ganz. Im Anfang hast du ja auch etwas verdient und hast mir geholfen, als es mir schlecht ging. Aber nachher ... Um gerecht zu sein, muß ich ja sagen, daß ich dir immer freiwillig geholfen habe, du hast mich nie angebettelt. Aber faul warst du! Mein Gott! Immer hast du schlafen wollen, und wenn du schlafen wolltest, durfte ich nicht einmal üben. Wozu taugen solche Menschen wie du? Warum gibt es die auf der Welt? Verkommene, nutzlose Existenzen, da haben die rechtschaffenen Leute ganz recht, die Leute, die du immer Spießbürger nanntest. Was hast du schon geleistet? Ein paar Gedichte, die schlecht sind, ein paar Kritiken, die unreif waren, unreif wie du ... Es ist dir ganz recht geschehen ... und glaub nur nicht, daß ich dir nachtrauern werde, du ... du ... Schmarotzer ...

Die Männer, die richtigen Männer, die mitten im Leben stehen, die haben die Achseln über dich gezuckt. Und du bist ihnen aus dem Weg gegangen. Natürlich, du hast Furcht vor ihnen gehabt. Feig warst du. Nur mit Tieren, mit Kindern und alten Frauen, da fühltest du dich wohl. Weißt du noch, damals vor sechs Jahren? Ich hatte einen Hund. Der war sehr treu, er lief mir überall nach – aber kaum warst du im Haus, so wollte er nur bei dir sein. Hast du ihn verhext? Mit deinen Händen? Du hast so merkwürdige Hände, immer heiß und trocken. Ich habe deine Hände sehr lieb gehabt. Jetzt sind sie kalt, jetzt werden sie niemanden mehr streicheln, nie mehr den Hals eines Pferdes tätscheln – weißt du noch, das Pferd von unserem Milchfuhrmann, es kannte dich, es drehte immer den Kopf, wenn du vorbeigingst ... Und dann nahmst du die Hände aus den Taschen, zogst es an der Mähne und sprachst zu ihm, viel besser als zu einem Menschen. Mit Menschen hast du nie gut reden können – außer mit mir. Und eigentlich hast du manchmal ganz klug geredet. Du hast sogar etwas verstanden von Musik, ja, ich muß es zugeben, das Violinkonzert von Mozart, ich hätte es nie so gespielt, wenn du es mir nicht erklärt hättest; du hast mir damals den Schlüssel gegeben: »Ein Totentanz«, hast du gesagt, »du mußt es wie einen fröhlichen Totentanz spielen. Der Tod ist fröhlich, weißt du das nicht?« Ich hab mir dann Mühe gegeben, und dann haben die Kritiker etwas von ganz persönlicher Interpretation geschrieben. Diese Schafsköpfe.

Ja, so hab ich die Kritiker damals genannt. Und was hast du geantwortet? Du hast gesagt: »Ach, es sind auch nur arme Hunde. Warum sich über die Leute ärgern?« Für dich waren alle Leute arme Hunde. Ein bequemes Mittel, sich erhaben zu fühlen. Denn auf was hättest du dir etwas einbilden können? Auf nichts. Eine Null warst du ... Eine Null? Doch nicht so ganz. Du hast allerlei gewußt. Weißt du noch, im Anfang hab ich dich immer das wandelnde Konversationslexikon genannt. Die Bücher haben dich verdorben. Was hast du vom Leben gekannt? Du bist doch jedem Kampf aus dem Weg gegangen. Jedem Streit. Wir haben uns – ja wirklich – wir haben uns nie gestritten. Bis heute abend, und da hast du den Streit vom Zaun gebrochen, du bist gemein geworden, bis ich die kleine Pistole genommen habe – sie ist losgegangen, und dann bist du aufs Bett gefallen. Und wie ich mich über dich gebeugt hab, hast du mir die Waffe ganz sanft aus der Hand genommen, hast gelächelt – und das Lächeln ist auf deinem Gesicht geblieben. War das alles vorbereitet? War das dein Hochzeitsgeschenk?

waren die Akten der Polizeibehörde von Palermo, aus denen hervorging, daß Orlando vor Jahren wegen Autodiebstahls zur Haft im Ucciardone verurteilt worden war. Eine Amnestie – dieses notwendige Übel, zu dem die italienische Justiz periodisch greifen muß, um die überfüllten Strafanstalten vorübergehend zu lichten – hatte ihn vorzeitig begnadigt. Immerhin, auch ein kurzer Aufenthalt im Ucciardone, dem berüchtigten Gefängnis von Palermo, das man als »Università del crimine« bezeichnete, konnte ihm Gelegenheit gegeben haben, mit Mafiosi in Kontakt zu kommen und ihrer Organisation beizutreten.

Der Maresciallo fand erst am späten Nachmittag eine freie Stunde, um die junge Witwe des Ermordeten aufzusuchen – wohlweislich ohne sich vorher anzumelden.

Es war drückend schwül, der scirocco blies unablässig seit Sonnenaufgang, und sein feuriger Atem trug den feinen roten Sand von der Wüste übers Meer. Wie heißer, trockener Regen rieselten die Körner in alle Ritzen. An solchen Tagen schien Afrika Mazara noch näher zu rücken.

Die Wohnung von Orlando Cuticó in einem der neuen, aber schon baufälligen Mietshäuser am Stadtrand, mit denen die Bauspekulanten gleichzeitig gegen das alte Stadtbild und die Sicherheitsmaßnahmen verstießen, war nicht so ärmlich eingerichtet, wie es der Maresciallo bei dem Verdienst eines nur gelegentlich beschäftigten Lastwagenfahrers erwartet hätte. Es gab einen großen Farbfernseher und alle modernen elektrischen Haushaltsgeräte.

Rosaria ließ ihn ein, sie schien ihn erwartet zu haben und klagte abwehrend: »Sto male, sto molto male. . .«

»Wir wollen die Mörder deines Mannes finden – das muß dich auch angehen.«

Sie setzten sich an den Küchentisch; der Säugling lag in der Wiege, die beiden älteren Kinder spielten auf dem Fußboden.

»Wer waren Orlandos Freunde?«

Rosaria zuckte die Achseln.

»Und seine Feinde?«

Diesmal schüttelte sie den Kopf.

»Man hat ihn ermordet. Da wird er wohl Feinde gehabt haben.«

»Wie soll ich das wissen? Ich bin immer im Haus bei den Kindern!« protestierte sie weinerlich.

Klingt glaubhaft, dachte er; eine anständige Sizilianerin kümmerte sich um Haus und Kinder, was die Männer machten, waren *cose da uomini* und hatte sie nichts anzugehen. Das Verhör würde kaum mehr ans Tageslicht bringen, wozu sollte er sie länger quälen, die junge schwarzgekleidete Frau mit den drei vaterlosen Kindern tat ihm leid. Er wollte schon gehen, da fiel ihm noch eine Frage ein: »Dein Mann war beschnitten, nicht wahr?«

Sie sah ihn mißtrauisch und begriffsstutzig an. Er zögerte befangen und suchte nach einem Ausdruck, um sich verständlich zu machen, ohne ihr Schamgefühl zu verletzen. Der Säugling in der Wiege, der sich bloßgestrampelt hatte, kam ihm zur Hilfe, und auf das winzige Glied weisend, fragte er: »War er dort beschnitten?«

Einen Augenblick vergaß Rosaria ihre Trauer und funkelte ihn entrüstet an: »Orlando é un vero uomo, nichts ist ihm abgeschnitten!«

Ihr Mißverständnis und die Empörung, mit der sie die Männlichkeit des toten Orlando verteidigte, so als sei er noch am Leben, riefen ein nachsichtiges Lächeln des Maresciallo hervor. »Ja, ja, schon gut«, sagte er beschwichtigend.

Der Säugling begann zu weinen, seine Geschwister zerrten an dem Rock der Mutter: »Oi ma! Oi ma!«

»Und nun, wie wirst du dich und die Kinder durchbringen? Du wirst dir eine Arbeit suchen müssen.«

»Eine Arbeit? Und wer gibt mir die?« erwiderte sie feindselig abweisend.

»Coraggio, es findet sich bestimmt was. Ich kann dich für ein paar Stunden morgens als Reinemachefrau in unserer Caserma dei carabinieri anstellen. Du wirst eine Schwester oder Nachbarin haben, die inzwischen für dich die Kinder hütet. Wenn dir das recht ist, bekommst du einen regulären Arbeitsvertrag und kannst den Dienst schon ab Montag antreten.«

»Si va bene«, willigte Rosaria lustlos ein, und als sie ihn zur Tür begleitete, ergänzte sie pflichtschuldig: »Grazie, Maresciallo.«

Sie hatte ihn in seinen Erkundigungen nicht weitergebracht als ihr Schwager und ihre Schwiegermutter, dachte er auf dem Rückweg, seine Pflicht hatte er jedenfalls erfüllt, und die Nachforschungen zum Tode Cuticós konnte er einstellen. Er war kein Detektiv, und das erwartete auch niemand von ihm; von einem Carabiniere verlangte man gesunden Menschenverstand und nicht die Spürnase eines Polizeihunds, und selbst die kam gegen die Mafia zu keinem wesentlichen Resultat. Cuticó, vermutlich ein Picciotto, ein kleiner Fisch in der Organisation, war beseitigt worden — mehr würde man nie erfahren. Es tröstete Montorio, daß er wenigstens der unglücklichen Witwe mit einem bescheidenen Einkommen aus der ärgsten Not helfen konnte.

Er erreichte wieder die Altstadt, ein quadratisches Labyrinth, das nach arabischem Brauch *Medina* hieß. Auch die christlichen Kirchen glichen hier mit ihren Kuppeln Moscheen. Da er noch nicht zu Abend gegessen hatte, betrat er eines der kleinen, von Nordafrikanern geführten Lokale, in denen die Fremdarbeiter über ihren Nationalgerichten die Entfernung von der Heimat vergaßen. Seitdem seine Frau nach Farindola zurückgekehrt war, aß er hier oft und wurde besonders zuvorkommend bedient, weil man wußte, daß er die armen Teufel, auch wenn sie keine Aufenthaltsgenehmigung hatten, in Frieden ließ.

Er bestellte eine Portion Kuskus und aß sie mit Genuß. Auch viele Sizilianer saßen in dem übervollen, höhlenartigen Raum, ähnelten den Arabern zum Verwechseln, und er mußte sie schon sprechen hören, um sie voneinander zu unterscheiden. Die Gleichartigkeit rührte von den gemeinsamen Ahnen: In mehr als tausend Jahren war Sizilien immer wieder von den südlichen Nachbarn erobert worden, und nach beendigtem Kampf hatten Sieger und Besiegte fraternisiert, wie man dies nannte.

Wehmut beschlich ihn, während er langsam den Nachtischkaffee trank. Scharfe Gerüche, heißer Wüstenwind, Farben, Lärm, dieses warme, grausame, verlockende, abstoßende Leben, das alles würde für ihn bald nur noch Erinnerung sein.

*

Der Maresciallo Montorio nahm Anfang November seinen Abschied und gab noch ein paar Tage zu, um den Nachfolger, einen gerade beförderten jungen Mann, der aus Catania stammte, ins Amt einzuführen.

Vor der Abfahrt ließ er seinen Fiat Ritmo in der Autowerkstatt von Carmine Cuticó überholen, um sich für die lange Fahrt zu den Abruzzen möglichst vor Pannen zu wappnen.

»Noch immer diese Karre, Maresciallo«, bemerkte Carmine mit freundschaftlichem Tadel. »In Ihrer Position müßten Sie sich das letzte Fiatmodell anschaffen, den Ypsilon Zehn.«

»Jetzt noch einen neuen Wagen, was soll ich damit? Als Rentner werde ich nicht mehr viel herumkommen.«

»Ja, Sie wollen sich ausruhen, kann ich verstehen. In Mazara haben wir Sie ständig in Trab gehalten.« Carmine wischte zum Abschluß die Windschutzscheibe blank. »So, alles in Ordnung. Buon riposo allora, Maresciallo«, verabschiedete er sich, und die speckig gewordene Krawatte baumelte auf seiner haarigen Brust.

Die Kollegen ehrten ihren ausscheidenden Vorgesetzten mit einer kleinen Feier, er dankte ihnen in einer kurzen Ansprache und verbarg seine Rührung. Beim Weggehen stieß er zum Abschluß auf Rosaria, die im Vorraum den

Boden schrubbte. »Mach deine Arbeit weiterhin so befriedigend. Ich habe dem neuen Maresciallo gesagt, er soll ab Neujahr dein Gehalt erhöhen.«

»Grazie, Maresciallo«, sagte sie mit gesenktem Kopf.

Bei seiner Ankunft lag Farindola schon tiefeingeschneit im Bergtal. Seine Frau, die Töchter, Schwiegersöhne und Enkel empfingen ihn mit Jubel, und alle Dorfbewohner schauten herein, um auf seine Rückkehr anzustoßen.

»Jetzt bist du daheim und darfst dich endlich ausruhen«, sagte man ihm, und er entgegnete ihnen, daß er sich nicht ans Faulenzen gewöhnen wolle, er habe sich für die nächsten Jahre allerlei vorgenommen, das Haus ausbauen, einen Obstgarten anlegen, Tauben züchten, außerdem beabsichtige er, eine kleine Schreinerwerkstatt einzurichten, das sei schon lange sein Wunsch gewesen.

Vorläufig jedoch stellte er diese Pläne zurück, nach der Schneeschmelze würde er sie in Angriff nehmen. Er folgte für ein paar Abende der Aufforderung seiner Jugendfreunde und spielte Tressette mit ihnen in der Espressobar. Dann wurde er dies leid, blieb daheim, ging auch tagsüber nicht mehr aus; ihm fehlte der Blick auf das weite Meer, die Berge ringsum beengten ihn, erklärte er seiner Frau. Er verbrachte nun die ganze Zeit im Wohnzimmer, meist vor dem Fernseher. Nachmittags wurde immer die Fortsetzung eines reißerisch dramatisierten Mafia-Serials gesendet, über das er sich jedesmal aufregte. »Ach wo, was glauben die denn! Die Wirklichkeit sieht ganz anders aus.«

Ein Informationsblatt, das der Verband der Carabinieri herausgab, ließ er sich weiterhin kommen und studierte es eingehend. Freilich war er nicht mehr im Dienst, aber von seinen alten Interessen konnte er nicht von einem Tag zum anderen abrücken, und vor allem die Nachrichten aus Sizilien gingen ihm unter die Haut.

Es verwunderte ihn nicht, als er las, daß die Mafia des Mutterlandes, die seit jeher mit ihren Zweigstellen *Cosa nostra* und den *Famiglie* in den Vereinigten Staaten herrschte, nun auch in Südamerika ihre Stützpunkte angelegt zu haben schien und von dort einen florierenden Import-Export mit Waffen und Kokain betrieb. Die *Onorata societá*, wie sich die Mafiosi selbst bezeichneten, breitete sich aus – auch die Ehrenwerte Gesellschaft zählte jetzt zu den Multis.

Von Unlust gefangen, wurde Montorio schweigsam und in sich gekehrt, und seine träge Teilnahmslosigkeit schnitt ihn allmählich von der Umwelt ab. In seinen Gedanken war er noch immer in Mazara.

»Sei froh, daß du nicht mehr mit diesen Verbrechern zu tun hast«, wiederholte seine Frau immer wieder. Er ließ sie reden, bis sie einmal zufällig äußerte: »Schade, daß du nicht daran gedacht hast, aus Mazara ein paar Korbflaschen Marsala mitzubringen. Die hätten wir nun zu Weihnachten und Neujahr gut brauchen können.«

Er griff die vorwurfsvolle Bemerkung als willkommenen Vorwand sofort auf: »Das läßt sich immer noch machen. Ich fahre hin und verschaffe dir einen Vorrat. Von den Sechzehn-Liter-Pipe kriege ich leicht ein halbes Dutzend in den Wagen.«

Ihre Bedenken verlachte er: »Was denn, ich fahre vorsichtig. In einer Woche, höchstens in zehn Tagen bin ich zurück.«

*

Bei Sonnenuntergang, nach Trapani und kurz vor seinem Ziel signalisierte die Kontrollampe einen Schaden der Lichtmaschine, aber er kam noch bis zur Autoreparatur werkstatt auf der Provinciale.

Carmine Cuticó entblößte die Zähne zu einem überraschten Grinsen: »Was, schon wieder in Mazara, Maresciallo?«

»Ja, um ein paar kleine pipe Marsala zu besorgen und alte Freunde zu begrüßen. Ich werde nur zehn Tage bleiben, zu

Weihnachten muß ich daheim sein. Den Wagen lasse ich dir inzwischen da. Die Lichtmaschine funktioniert nicht.

»Noch immer die alte Karre, eh? Soll ich Sie in die Stadt fahren, Maresciallo?«

Der junge Mann trug die Trauerkrawatte nicht mehr, fiel Montorio auf. »Danke, das Stück gehe ich gern zu Fuß, ich habe den ganzen Tag gesessen.«

Auf seinem Weg mußte er mehrmals zu Begrüßungen haltmachen, und auch in dem Wirtshaus der Araber, wo er sein Abendbrot aß, hieß man ihn lebhaft willkommen. Es berührte ihn wohltuend, daß man ihn noch nicht vergessen hatte.

Am nächsten Morgen verließ er zeitig das Hotel Trinacria und ging wie immer erst in die Bar an der Ecke. Die Espressomaschine war gerade angeschaltet worden; während sie sich erhitzte, ertönten die Nachrichten aus dem Radio zwischen den Likörflaschen auf dem Bord. Der gestern begonnene Streik der Piloten würde sich in die Länge ziehen, alle italienischen Flughäfen seien vorläufig für den Verkehr gesperrt. Er hörte zerstreut hin, es gab weiter nichts Neues. Der Kaffee begann tiefdunkel aus dem Hahn ins Täßchen zu tropfen, und er sog den geliebten Duft ein.

Eine Viertelstunde später, in seiner alten Dienststelle, der Caserma dei carabinieri, traf er den Wachtmeister Bonito an, bei dem sein unerwartetes Erscheinen lebhafte Freude auslöste.

»Maresciallo, che piacere! Es tut mir wohl, Sie zu sehen. Wir vermissen Sie hier, kann ich Ihnen sagen.« Der neue. . ., er dämpfte seine Stimme, »nichts gegen ihn, er ist eben jung, und an Pflichtgefühl fehlt es ihm noch. Die meiste Zeit verbringt er in Catania bei seiner Freundin. Heute ist er wieder dort.«

Montorio lenkte das Gespräch auf Allgemeineres. »Und was hat sich in Mazara alles ereignet in diesem letzten Monat?«

»So das Übliche, die gewohnten Schlägereien zwischen

Algeriern, Tunesiern, Marokkanern; ein eifersüchtiger Ehemann hat seine Frau erstochen; unsere Küstenstreife hat ein Motorboot voll Schmuggelware beschlagnahmt. Un caffé, Maresciallo?«

»Gern, da sage ich nie nein.«

Bonito rief die nächste Bar an und ließ zwei Espressi bringen.

»Es freut mich, wieder in meinen alten Arbeitsräumen zu sein. Übrigens, als ich vorhin die Treppe raufkam, habe ich eine fremde Putzfrau gesehen. Wieso, genügte euch Rosaria nicht mehr?«

»Die Witwe Cuticó? Die hat doch gleich, nachdem Sie fortgegangen sind, ihre Arbeit bei uns aufgegeben. Nicht mal auf ihr Gehalt bis Monatsende hat sie bestanden.«

Montorio horchte auf. »Und warum hat die Cuticó die Stellung verlassen?«

»Sie hatte beschlossen auszuwandern.«

»Was, sie allein mit den drei kleinen Kindern? Wohin denn?«

»Nach Südamerika, Bogotà. Wir haben die Bewilligung für die Ausstellung ihres Passes eingereicht, deshalb weiß ich Bescheid. Sie hatte drüben Verwandte, sagte sie, und hoffe, sich eine neue Existenz zu schaffen. . .« Bonito kicherte: »Am besten einen neuen Mann finden, aber das hat sie nicht gesagt. Noch ist sie jung und hübsch, da wird sie schon einen kriegen.«

»Heißt das, sie hat Mazara schon verlassen?« forschte Montorio.

»Ja, ihr Schwager von der Autowerkstatt hat ihr geholfen, die Wohnung aufzulösen. Die Möbel sind eingeschifft worden. Sie ist mit den Kindern vor zwei Tagen nach Rom gefahren und gestern müßte sie von dort nach Bogotà geflogen sein.«

Der Maresciallo widersprach erregt: »Gestern? Das kann nicht sein! Die Flughäfen sind wegen Streik geschlossen.«

»Na, dann wird sie eben warten, bis der Streik beendet ist«, bemerkte der Wachtmeister gleichgültig.

Montorio war aufgestanden. »Ich muß sofort gehen. Mir ist etwas Dringendes eingefallen.«

»Aber wir sehen uns doch noch, Maresciallo?«

»Ja, ja, ich denke schon. Per il momento arrivederci, Bonito.«

Ohne Verzug und ohne auf die grüßenden Vorbeigehenden zu achten, eilte er durch die Straßen, meldete sich im Hotel Trinacria ab und erreichte die Autowerkstatt auf der Provinciale.

Carmine zeigt sich befremdet: »Ihr Wagen? Der ist nicht fertig, ich dachte, das hätte Zeit. Sagten Sie nicht, daß Sie zehn Tage hierbleiben werden?«

»Ja, aber es geht leider nicht. Meine Frau hat angerufen, ich soll unverzüglich nach Farindola zurück. Mach mir die Reparatur bitte jetzt und so schnell wie möglich.«

»Come comanda, Maresciallo«, bejahte der junge Mann ehrerbietig. »Ich lasse alles andere liegen für Sie. Allerdings eine Stunde wird es mindestens dauern – Motor nachsehen, Kohlestifte der Lichtmaschine auswechseln. . .« Er rief laut über den Hof: »Mama!« Und als die alte Frau angeschlurft kam, befahl er ihr: »Führe unseren Maresciallo ins Haus und koche ihm einen guten Kaffee!«

Die alte Cuticó war so düster und wortkarg wie bei dem letzten Verhör, stellte Montorio fest, während er ungeduldig wartend in ihrer Küche saß.

»Alles in Ordnung?« fragte er, als ihm Carmine zur abgemachten Zeit den Wagen übergab.

»Tadellos. Gute Reise, und hoffentlich sehen wir Sie bald wieder, Maresciallo.« Er grinste vertraulich: »Vielleicht sogar mit einem neuen Auto?«

»Wer weiß, könnte auch sein«, verabschiedete sich Montorio hastig.

Von der Provinciale gelangte er nach wenigen Kilometern auf die breitere Superstrada. Verlief die Fahrt ohne Zwischenfall und bekam er in Messina kurzfristig einen Platz auf der Fähre, die zum Festland übersetzte, müßte er morgen früh in Rom ankommen. Wenn nötig, konnte er sich zwischendurch auch ein paar Stunden ausruhen, aber das würde er wohl nicht brauchen. Er fühlte sich frisch und so voller Leben wie seit langem nicht, seine Gedanken hatten die Klarheit einer selbstverständlichen Erkenntnis. Es verwunderte ihn nur, daß er erst jetzt darauf gekommen war.

Die Mafia hatte ihren Picciotto Cuticó keineswegs umgebracht, im Gegenteil, sie hatte ihn befördert und nach Bogotà oder sonst wohin in Südamerika versetzt. Sein vorgetäuschter Tod war eine Maßnahme, ihn für die Gesetzeshüter endgültig auszuradieren, damit er anderswo unverdächtigt, sozusagen neugeboren, eingestellt werden konnte. Der fingierte Tote erstand auf dem Schachbrett der Mafia zur übersinnlichen Figur: Er war ihr Mann im Jenseits. Als echter Leichnam hatte ein Schwarzarbeiter herhalten müssen, einer der vielen armen Kerle ohne Aufenthaltsgenehmigung und Ausweis, dessen Verschwinden niemand bemerken und beklagen würde. Sizilianer und Araber glichen sich ja zum Verwechseln, und das vorsorglich eingeschlagene Gesicht hatte jede Gefahr einer genaueren Identifizierung beseitigt. Die von herzzerreißender Trauer gepackten Angehörigen hatten ihre Rolle eindrucksvoll gespielt, alles war programmäßig verlaufen. Nur eine Kleinigkeit – die bei Mohammedanern übliche, doch für Katholiken ungewöhnliche Beschneidung – hatte die Mafia übersehen, aber auch dieses Detail gefährdete nicht den Erfolg ihres Plans, denn wer hätte beweisen können, daß Cuticó nicht tatsächlich beschnitten gewesen war? Erst Rosarias unvorhergesehene Auswanderung lieferte den Schlüssel zum Verbleib des angeblich Ermordeten.

Um die Mittagszeit ließ der Verkehr auf der Superstrada nach, Montorio konnte zügiger fahren, und seine Gedanken eilten ihm voraus.

So einfach und klar sich ihm der Fall Cuticó enträtselt hatte, zeichnete sich ab, was es jetzt zu tun galt.

Er durfte keine Minute verlieren, die Mafia hatte tausend Augen, wie der Volksmund sagte, ihre Spitzel waren überall. Seine gestrige Ankunft in Mazara und seine überstürzte Abreise heute, nachdem er entdeckt hatte, daß Rosaria im Begriff war auszuwandern: Darauf würde sich die Onorata società einen Reim machen und bald hinter ihm her sein.

Es galt, rechtzeitig nach Rom zu kommen, dann konnte er alles Übrige anderen überlassen. Ein Kriminalbeamter der Interpol würde zum Flughafen beordert werden, um Rosaria mit ihren Kindern unauffällig bis Bogotà zu begleiten, und dort würde ihm die vermeintliche Leiche geradewegs in die Arme laufen. Auch mafiosi waren liebevolle Familienväter, und bestimmt erwartete Orlando Cuticó Frau und Bambini mit brennender Sehnsucht. Montorio dachte lächelnd: Wie beim Schwertfischfang! Hatte man erstmal das Weibchen, schnappte man wenig später das dazugehörige Männchen.

Nach Trapani bog er von der Küste ab ins Landesinnere, die leere Straße schlängelte sich durch die hügelige Landschaft, und er erhöhte die Geschwindigkeit. Hinter einer Kurve sah er den großen Laster mit Anhänger vor sich und stieg auf die Bremse. Das Pedal stieß ins Leere, gleichzeitig zuckte der letzte klare Gedanke durch sein Gehirn: Die Bremsflüssigkeit . . .

*

Der Automechaniker Carmine Cuticó aus Mazara wäre fast Augenzeuge des Unfalls geworden. Sichtlich erschüttert berichtete er: »Zufällig war ich auf derselben Straße und ganz in der Nähe. Ich wollte zum Fußballspiel nach Palermo. Als ich um die Kurve kam, lag der Wagen schon unten. Er muß glatt durch die Leitplanken geschossen sein, den Abhang runter und hat sich überschlagen. Mehrmals überschlagen, sieht man an der Spur. Er war völlig zertrümmert. Wer da drin saß, mußte tot sein, aber man weiß ja nie, deshalb bin ich trotzdem hingelaufen. Era terribile ...« Carmine schauderte bei der Erinnerung. Beherrschter setzte er dann hinzu: »Der Maresciallo wird in der Kurve die Kontrolle verloren haben. Vielleicht hat es plötzlich eine Panne gegeben. Er fuhr manchmal zu flott und das mit dieser alten Karre. Wie oft habe ich ihm geraten: ‚Legen Sie sich einen neuen Wagen zu, Maresciallo' . . .«

Claretta Cerio: geb. 1927, Capri; Philologiestudium an der Universität Neapel, Promotion über die deutschen Schriftsteller auf der Insel: »Capri mit deutschen Augen«. Drei Romane bei Schneekluth, München, sowie die Jugenderinnerungen »Mit Bedenken versetzt«; ihre Porträts von Sonderlingen auf Capri, »Arietta di Capri« erschienen bei Brockhaus, Mannheim. Frau Cerio verfaßte zahlreiche Kurzkrimis, die z. T. unter den Titeln »Blut im Chianti« und »Der Nanno stirbt« bei Rowohlt veröffentlicht wurden; daneben Beiträge in deutschen (z. B. Rowohlt »Schwarze Beute«) und italienischen Magazinen sowie Übersetzungen italienischer Theaterstücke.

Deutsche Erstveröffentlichung.

Don Ridgemond

Mister Zehn-Prozent

Timmy saß am Küchentisch und starrte in sein Whiskyglas.

»Hallo«, sagte ich und stellte die Tasche mit meinen Einkäufen auf die Ablage. »Habe ich die Tür offengelassen?«

»Nein«, sagte er und trank einen kleinen Schluck. »Ich bin eingebrochen. Sie haben mir die Wohnung gekündigt.«

Ich stellte die Milchtüten in den Kühlschrank. Timmy sagte nichts. »Die Leute von MacIntyre Ad. haben angerufen«, sagte ich schließlich. »Sie wollten nur wissen, warum du nicht gekommen bist, damit ihr Anwalt mich als deinen Agenten verklagen kann.«

»Vergiß es.« Timmy ist dreiundfünfzig und hat so ungefähr alles gespielt, was man in Hollywood spielen kann. Vielleicht erinnern Sie sich noch an *Rebellen im Abendrot* oder *Chicago Police* im Fernsehen. »Wie oft hab ich dir gesagt, daß ich keine Werbung mache?« fragte er und trank sein Glas aus.

»Immerhin könntest du die Kartoffelchips mitnehmen, die du anpreist«, sagte ich. »Dann hättest du etwas zu essen. In diesem Fall wäre ich sogar bereit, auf meinen Anteil von zehn Prozent zu verzichten.«

»Blutsauger.«

»Ich bin dein Agent, du hast den Vertrag selbst unterschrieben«, stellte ich richtig. »Zehn Prozent von allen deinen Gagen. Auf Lebenszeit.«

»Ich muß damals besoffen gewesen sein«, sagte er weinerlich.

Ich erinnerte mich schwach, daß er wirklich besoffen gewesen war, damals, vor dreißig Jahren. Ich setzte mich zu ihm. »Timmy«, sagte ich, »du willst mir doch nicht vorwerfen, daß wir miteinander sehr viel Geld verdient haben?«

Er grinste trocken. »Im Moment gibt es nur zehn Prozent von Nichts.«

»Aber ich stehe zu dir«, erklärte ich. »Jedenfalls wenn ich den Prozeß überlebe, den McIntyre Ad. wegen des geplatzten Aufnahmetermins gegen mich anstrengt.«

»Ich werde niemals vor laufender Kamera Kartoffelchips essen, ich bin Schauspieler!«

»Die Zeiten sind vorbei. Niemand interessiert sich mehr für dich.«

»Publicity«, sagte er. »Du mußt mehr Publicity machen.«

»Dein Buch mit Zeitungsausschnitten ist so dick wie die Bibel, also erzähl mir nichts von Publicity.«

»Es müßte einen Knaller geben.«

»Du könntest Joan Collins verführen!« schlug ich vor.

Er verzog das Gesicht. »Ich meine etwas wirklich Aufsehenerregendes. Ein Ding, das mich auf alle Bildschirme in diesem Land bringt«, murmelte er. Auf einmal schaute er mich aus seinen hellen Augen an. Sein Blick war beinahe fröhlich. »Sie haben mir die Wohnung gekündigt«, sagte er dann noch einmal. »Kann ich in deinem Strandhaus wohnen?«

»Hör mal, Timmy«, begann ich langsam.

Er hob die Hände. »Schon gut«, meinte er.

Ich sah ihm nach, wie er hinausging. Später entdeckte ich, daß der Schlüssel zum Strandhaus am Brett im Flur fehlte. Wahrscheinlich hatte Timmy ihn schon in der Tasche gehabt, als ich nach Hause gekommen war.

Der Lieutenant von der Kriminalabteilung der Stadtpolizei zog die Vorhänge auf. Helles Licht flutete in sein Büro. Auf dem Fernseher war noch als Standbild die letzte Aufnahme des Videos zu sehen, das wir uns angeschaut hatten.

»Haben Sie ihn erkannt?« fragte der Lieutenant und setzte sich hinter seinen Schreibtisch.

»Sie sollten lieber fragen, wer in diesem Land ihn nicht erkannt hat«, sagte ich. »Das Video flimmert seit sieben

Stunden in jeder Nachrichtensendung über die Bildschirme.«

»Tim Brannigan«, der Lieutenant schaute auf seine Akte, »Schauspieler«, setzte er dann nachdenklich hinzu.

»Richtig«, sagte ich. »Auch bekannt als ‚Sheriff Connor', als ‚Der einsame Rächer', ‚Captain True', oder . . . «

»Hören Sie auf«, unterbrach er mich. »Ich bin auch einmal jung gewesen und habe mir den ganzen Mist im Fernsehen angeschaut. Aber das ist jetzt kein Kino mehr.«

»Leider«, sagte ich.

»Er kam heute morgen um neun Uhr in die Hauptstelle der Los Angeles Bank, ging zur Kasse, zog zwei Peacemaker heraus, richtete sie auf die Kassierer und sagte . . . «

»‚Wenn sich niemand bewegt, bewege ich auch meinen Finger nicht'«, ergänzte ich. »Das ist aus ‚Überfall am Cripple Creek', Universal 1958.«

Der Lieutenant hob erstaunt eine Augenbraue. »Der Hauptkassierer glaubte seinen Augen nicht zu trauen«, fuhr er fort. »Immerhin hat Timmy Brannigan seit zwanzig Jahren sein Konto bei der Los Angeles Bank. Aber dann schoß Brannigan auf die Uhr im Kassenschalter.«

»‚Blinder Haß', allerdings hat er das von John Wayne geklaut, der spielte damals die Hauptrolle.«

»Wie dem auch sei«, sagte der Lieutenant etwas nervös. »Der Hauptkassierer löste die automatische Kamera aus und händigte Brannigan den Kassenbestand aus. 175 000 Dollar.«

Ich pfiff anerkennend.

»Die Videokassette der automatischen Kamera läuft drei Minuten«, sagte der Lieutenant. »Die Geldübergabe dauerte eine Minute und fünfundvierzig Sekunden. Und trotzdem blieb Brannigan noch eine Minute und fünfzehn Sekunden vor dem Schalter stehen. Wissen Sie, was er tat?«

»Er zählte das Geld«, sagte ich gelangweilt. »Ich rätsele schon den ganzen Tag, aus welchem Film das ist . . .«

»‚Jagd auf die Grissom-Gang', RKO 59«, sagte der Lieutenant. »Finden Sie nicht auch, daß es so aussieht, als ob Brannigan gefilmt werden wollte? Und zwar solange wie möglich?«

»Immerhin ist er an Kameras gewohnt . . .«, sagte ich langsam.

»Er trug keine Maske«, fuhr der Lieutenant fort. »Und unsere Experten sagen, daß er im optimalen Aufnahmewinkel stand. Sie glauben auch, daß er geschminkt war . . .«

»Richtig, sonst hätte das Gesicht zu blaß gewirkt.«

»Wissen Sie, was auf Vortäuschung einer Straftat steht?« erkundigte sich der Lieutenant unfreundlich.

Ich sah ihn unschuldig an. »Oh nein, Lieutenant, Timmy hat diesen Bankraub begangen. Sein Kontostand bei der Los Angeles Bank beträgt derzeit genau siebeneinhalb Dollar, also kann er nicht behaupten, nur auf etwas ungewöhnliche Weise Geld abgehoben zu haben.«

»Sie sind sehr gut über seine Verhältnisse informiert.«

»Ich bin sein Agent. Mir gehören sozusagen zehn Prozent von ihm.«

»Wie man hört, gehen jetzt die Geschäfte wieder ausgezeichnet, nicht wahr? Man sagt, die CBS habe ihm sofort eine Serie angeboten, außerdem soll er bei Dallas mitspielen . . .«

»Da sind die Verhandlungen noch nicht abgeschlossen«, sagte ich. »Ja, es geht wieder aufwärts mit Timmy.«

»Man könnte beinahe von einem geglückten Publicity-Gag sprechen, ja?« bohrte der Lieutenant.

»Ich würde eher von einem geglückten Bankraub sprechen«, korrigierte ich ihn. »Und von einigen Verträgen, die ich für ihn abschließen konnte. Da gibt es absolut keinen Zusammenhang.«

»Und Sie können mir auch nicht zufälligerweise sagen, wo wir Brannigan finden können?« fragte der Lieutenant.

Ich zuckte mit den Schultern. »Ich nehme an, er wird pünktlich zum ersten Drehtag in den CBS-Studios auftauchen, das wäre am 23. Oktober, morgens um acht.«

»Raus!« brüllte der Lieutenant.

Als ich die Tür zum Strandhaus aufstieß, richtete Timmy einen der beiden Colts auf mich.

»Ruhig«, sagte ich.

Er grinste. Neben der Couch, auf der er saß, stand ein Plastikbeutel, aus dem Geldbündel lugten.

»Ich will dich nicht in Verlegenheit bringen, aber irgendwo mußte ich ja unterschlüpfen«, sagte er und steckte die Waffe weg. »Ich hoffe, du hast deine Arbeit als Agent gut gemacht!«

Ich erzählte ihm von der Fernsehserie und den beiden Spielfilmen, für die ich abgeschlossen hatte.

»Ausgezeichnet.« Timmy nickte zufrieden. »Morgen werde ich mich stellen. Als Verteidiger möchte ich Jeff Calhoun. Als Gutachter für meine Unzurechnungsfähigkeit Dr. Van Deer. Ich bekomme wahrscheinlich drei Jahre und kann in der ersten Zeit als Freigänger die Dreharbeiten machen. Sie sollen da sehr liberal sein . . .«

»Du hast dir das genau überlegt, nicht wahr?« Ich setzte mich.

Er nickte. »Du weißt, daß ich niemals bei laufender Kamera einen Kartoffelchip essen werde.«

»Du kommst wieder ganz groß heraus«, sagte ich und schüttete das Geld aus der Tüte auf den Tisch. »Wir haben Angebote für die nächsten zehn Jahre.«

»Was machst du da?« fragte er.

»Was wohl?« Ich sah ihn an. »Ich zähle meine zehn Prozent. Du weißt ja . . . zehn Prozent von allen deinen Einnahmen, wie es im Vertrag steht.«

Don Ridgemond, geb. 1944 in Berlin/New Hampshire. Studium der Psychologie und Journalistik. Entwickelte eines der ersten psychotherapeutischen Computerprogramme. Infolge Verstoßes gegen die Steuergesetze verurteilt, begann er als Häftling zu schreiben. Seine Reportagen über Mißstände in Gefängnissen führten zur Einsetzung eines staatlichen Untersuchungsausschusses. Nach seiner Entlassung Arbeit als Polizeireporter; z. Z. Redakteur einer Tageszeitung.

Deutsche Erstveröffentlichung.

Thomas R. P. Mielke

Ein Mord im Weltraum

Können Sie sich so etwas vorstellen? Einen kaltblütigen, vorsätzlichen Mord ungefähr zweihundertundfünfzig Kilometer senkrecht über Ihnen?

Na schön, Mord bleibt Mord, könnten Sie jetzt sagen, und daran hat sich seit Kain und Abel nichts geändert. Weder Interpol noch irgendeine andere Polizeiorganisation der Erde ist in der Lage, die Summe der Tag für Tag auf unserem Planeten begangenen Morde auch nur annähernd zu bestimmen.

Ich meine jetzt nicht die Kriege, den ununterbrochenen Völkermord, die Folteropfer oder die Folgen von Psychoterror und Unmenschlichkeit. Darüber kann man nur noch weinen, aber keine Geschichten dieser Art schreiben . . .

Was ich Ihnen erzählen will, ist so unglaublich wie der erste Schritt eines Menschen auf den Mond. Meine Geschichte handelt nicht von Raumschlachten, berstenden Welten und blauäugigen Phantasiehelden, die immer recht haben, weil ihre Opfer . . . »die anderen« . . . bewußt fremdartig geschildert werden.

Nein – dieser erste Mord, der nicht unter Bedingungen normaler Erdenschwere geschah, wäre genauso banal und im Grunde unverständlich geblieben wie jedes andere Verbrechen der Vergangenheit. Wenn nicht . . . ja, wenn man nicht ausgerechnet mich hinzugezogen hätte . . .

Ein Mann wurde erstochen.

Von einem anderen, der genau das gleiche Alter, das gleiche Gewicht und die gleiche Ausbildung hatte wie sein Opfer. Tatwaffe war ein steriles Skalpell mit einer Wegwerfklinge der Größe 3.

Wo das passierte?

Sie haben es nie auf der Titelseite eines Revolverblattes

gelesen. Dafür waren die Vorbereitungen, die Geheimhaltung und die Angst vor den möglichen Folgen viel zu groß. Vergessen Sie nicht, daß die elf Mitgliedsstaaten der ESA jedes Jahr mehrere hundert Millionen DM zur Verfügung stellen ...

Sie kennen die ESA nicht?

Aber natürlich haben Sie schon einmal von der European Space Agency gehört! Sie hat ihren Sitz in Paris, in der Rue Mario-Nikis 8-10, und seit dem 30. Oktober 1980 ist sie die legale Nachfolgeorganisation von ESRO, ELDO und so weiter ...

Immer noch keine genaue Vorstellung?

Dann denken Sie einfach an Satelliten, die unsere Wetterkarte vorgeben ... zum Beispiel an Meteosat. Oder an die Europarakete Ariane. Und nun werden Sie auch wissen, mit welchem Programm die ESA körperlich und geistig gesunde, hundertfach getestete Europäer als Wissenschafts-Passagiere ins All befördert!

Der Tatort für den ersten Mord im Weltraum hat zwölf Jahre Arbeit und annähernd drei Milliarden DM gekostet. Er ist sieben Meter lang, wiegt knapp viertausend Kilo und erinnert entfernt an eine Dampflokomotive ohne Räder. Doch diese exotische hohle Röhre kann sich nicht selbst bewegen, sondern benötigt für jeden Aufstieg eine Raumfähre der NASA, vier Amerikaner als Crew des Space Shuttle und Hunderte von Kontrolleuren auf der Erde, die theoretisch jeden Atemzug der Männer da oben überwachen können. Theoretisch ...

Den Mord haben sie nicht gesehen!

Und genau das wurde urplötzlich auch mein Problem ...

Einige meiner engsten Freunde (und davon gibt es nicht viele) wissen, daß ich in den vergangenen Jahren sehr oft als Scout für Filmteams unterwegs war. Ich habe inzwischen die unmöglichsten Locations überall auf dem Globus gefunden. Fast zwangsläufig bin ich dabei auch zu einer Art Red Adair für Ermittlungen geworden, die ohne Beteiligung von Polizei, Geheimdiensten und Detektivagenturen durchgeführt werden müssen.

Ursprünglich hieß mein Einmann-Unternehmen nach den Anfangsbuchstaben meines Namens TRPM GLOBAL-RECHERCHEN. Inzwischen hat sich bei Eingeweihten ohne mein Zutun eine andere, fast schon bewundernde Auslegung durchgesetzt. Wenn heute irgendwo in der Welt das Telefon klingelt und jemand »TRPM« flüstert, heißt das nichts anderes als »Trouble? Ruf Papa Mike!«

Und genau dieser verdammte Satz hat mir den Ärger mit der ESA eingetragen! Sie hofften und sie fürchteten, daß ich Zusammenhänge finde, auf die im Grunde niemand scharf ist. Es gibt nun mal mehr Dreck in unserer Welt als Teppiche zum Drunterkehren . . .

Doch lassen Sie mich erst einmal die Vorgeschichte erzählen.

TRPM GLOBAL RECHERCHEN
Job-Nr.: 06/1985 (Gesprächsprotokoll Dr. Eckel)
Objekt: Ein Mord im Weltraum

Am 22. 6. traf ich nach telefonischer Terminabstimmung über sein Pariser Sekretariat im Clipper-Club des Flughafens Berlin-Tegel mit Dr. Wilhelm Eckel zusammen. (Anmerkung: ca. 45, klein, füllig, blond, Wasserwelle, Typ Europa-Beamter, trägt Siegelring über Ehering . . . Alter Herr in einer Burschenschaft?)

Dr. E. stellte sich als Chef der ESA-Personaldirektion vor. Er schien eine ganze Menge über mich zu wissen. Nur in einem Punkt mußte er sich geirrt haben.

»Ich habe Sie mir viel älter vorgestellt«, sagte er. Auf meine Antwort, ich sei schließlich über vierzig, sah er mich lange prüfend an. Er bediente sich am kostenlosen Whisky im Clipper Club, versorgte sich mit größeren Mengen Salzstangen und setzte sich so, daß ihn die Stewardeß am Eingang nicht sehen konnte. Bis auf die gelangweilt lesende Blondine waren wir allein. Dennoch kam Dr. E. nur zögernd zur Sache.

»Wir haben bisher dreimal das Spacelab im Orbit gehabt«, sagte er in einem für Leute seiner Art typischen Kauderwelsch. »SL-1 im Herbst 83 verlief annähernd hundert Prozent. Sie wissen ja . . . Dr. Ulf Merbold! Bei SL-2 gab es die ersten ernsthaften Probleme. Und dann kam SL-3 mit dieser entsetzlichen Katastrophe . . .«

»Sie meinen den totalen Ausfall aller Funkverbindungen . . .«

Dr. E. wischte mit der Hand durch die Luft.

»Unsinn! Das war doch nur die einzige Möglichkeit, die wir hatten! Die Amerikaner mit ihrem blödsinnigen Öffentlichkeits-Tick hätten fast noch die Leiche gezeigt! Weltweit . . . über alle Fernsehstationen!«

»Moment mal! Von welcher Leiche sprechen Sie eigentlich?«

Dr. E. stopfte sich eine Handvoll Salzstangen in den Mund.

»Von John Faraday natürlich! Dr. John Faraday aus London. Er war der erste Mediziner und Mikrowellenspezialist bei einer Spacelab-Mission . . .«

Und dann erzählte er mir den Rest. Irgendwann während der laufenden Experimente an Bord war Dr. John Faraday mit einem Skalpell im Herzen zusammengesackt. In den Erdstationen und bei der NASA waren zu diesem Zeitpunkt nur die automatischen Kameras eingeschaltet.

Der Mord selbst war in einem toten Winkel geschehen.

»Wer waren die anderen?« fragte ich, nachdem Dr. E. seinen knappen Bericht beendet hatte.

»Ein Italiener und ein Deutscher. Ursprünglich sollte nur Dr. Ettore Anselmo zusammen mit Faraday eingesetzt werden. Erst als die Amerikaner auf ein Crew-Mitglied verzichteten, ging auch noch Dr. Klaus Lindemann aus Berlin mit nach oben . . .«

Erst jetzt erinnerte ich mich wieder an die wochenlangen Jubelschreie einiger Berliner Boulevardblätter. Lindemann war noch längst nicht dran gewesen.

»Wie kommen Sie eigentlich auf Mord?« wollte ich wissen. »Kann es nicht auch ein bedauerlicher Unfall gewesen sein?«

»Nein!« sagte Dr. E. mit Bestimmtheit. »Kein Unfall! Was da oben geschehen ist, war nicht nur technisch fast unmöglich, sondern im höchsten Grade Perfektion . . .« Er zögerte einen Moment, dann sagte er leise: »Beinahe Teamarbeit zwischen Mörder und Opfer.«

Und plötzlich begann ich zu ahnen, warum der Beamte aus Paris ausgerechnet auf mich gekommen war . . .

»Ich nehme an, daß in mindestens elf europäischen Ländern und in Amerika ganze Legionen von Spezialisten den Fall untersuchen«, sagte ich vorsichtig.

»Falsch!« sagte er und sah mich durchdringend an. Er pulte mit einem Streichholz Salzstangenreste aus seinen Zähnen. »Jedenfalls nicht offiziell. Intelligenterweise hat nämlich Commander Bill Owen sofort von sich aus die Verbindung zwischen der Space Shuttle und der Erde unterbrochen. In allen Bandaufnahmen aus den entscheidenden Minuten sind nur ein paar Flüche von Pilot Lester Byron zu hören . . .«

»Und aus dem Spacelab?«

Der ESA-Direktor stand auf und ging zur Barecke. Er nahm ein paar Flaschen von einem Rollwagen und hielt die Etiketten ins Licht, ehe er sich ein neues Glas Whisky einschenkte. Die Stewardeß vom Eingang war in einen Nebenraum gegangen.

»Die Mission wurde sekundengenau zum Ende gebracht. Niemand im Kennedy Space Center, auf der kalifornischen Dryden Air Force Base – dort ist SL-3 planmäßig gelandet – oder im Johnson Space Center in Houston hat bis zur Rückkehr irgend etwas von diesem ersten Mord im Weltraum geahnt . . .«

»Aber die müssen doch gemerkt haben, daß ein Mann ausgefallen war . . .«

Dr. E. schüttelte den Kopf.

»Commander Owen hat unmittelbar nach der Entdeckung der Tat ein besonderes Notfallprogramm gestartet. Damit durfte nur noch er mit der Erde in Kontakt treten. Natürlich wurde er ständig von Houston aufgefordert, den Flug abzubrechen, aber das hätte nur noch mehr Aufsehen erregt . . .«

»Und die Besatzung?«

»Profis!« sagte Dr. E. »Intelligente und perfekt trainierte Spezialisten. Für die Männer da oben war Disziplin kein Problem!«

»Mit einem Mörder an Bord?«

»Wieso? Verliert ein Mann etwa seine Qualifikation, wenn er einen anderen umbringt?«

Ich sah Dr. E. erstaunt an. Offensichtlich hielt er die ganze Angelegenheit für eine Art Kavaliersdelikt . . . für einen Betriebsunfall unter besonderen Bedingungen.

»Na schön«, sagte ich deshalb. »Wenn alles so klar und einfach ist . . . was wollen Sie dann von mir? Gibt es vielleicht Verdachtsmomente, die auf Berlin hinweisen? Auf Dr. Lindemann?«

»Als der Mord geschah, befanden sich Lindemann, Anselmo, Faraday und einer der Amerikaner im SL-3.«

Natürlich merkte ich, daß er mir ausgewichen war! Aber warum tat er das, wenn ich doch für ihn arbeiten sollte?

»Wir haben lange überlegt, wie wir diese peinliche Angelegenheit vertuschen könnten«, sagte er. »Bisher wissen noch nicht einmal die Sicherheitsbeauftragten und unsere Regierungen Bescheid.«

»In den Zeitungen stand, die Männer hatten allesamt Heuschnupfen oder so etwas . . .«

»Asiatische Grippe«, korrigierte er mich. »Aber es gibt keine Quarantäne! Wir haben jedem einzelnen gesagt, daß er sich für eine Weile nicht blicken lassen soll. Eine Art Sonderurlaub, sozusagen ... das funktioniert besser als irgendeine Bewachung!«

Die Sache wurde immer mysteriöser. Aber vielleicht war Mord bei der ESA tatsächlich ein Problem der Personaldirektion, ihrer Auswahlkriterien und des Trainingsprogramms ...

»Versuchen Sie doch mal, unsere Lage zu verstehen«, sagte Dr. E. »Die Männer dort oben sind für Millionenwerte verantwortlich ... für die Zukunftsplanung ganzer Industriezweige. Wir können uns einfach keine Mörder leisten ...«

Ich lachte trocken.

»Was ist mit diesem Amerikaner?«

»Michael Sagan?« Der gehört nicht zum ESA-Personal. Außerdem ist er Linkshänder. Wir haben entsprechende Versuche mit Puppen im schwerelosen Flug in einer Air-Force-Maschine durchgeführt. Anselmo und Lindemann hätten den tödlichen Stich durchführen können. Sagan nicht!«

»Ist das nicht etwas zu simpel gedacht?«

»Sie vergessen die Kameras«, sagte Dr. E. »Sagan war während der entscheidenden Sekunden im Bild. Das wurde in Houston durch Video-Aufzeichnungen dokumentiert!«

Ich wartete, bis eine Verspätungsmeldung aus einem Lautsprecher an der Wand verklungen war.

»Was sagen die beiden anderen? Beschuldigen sie sich?«

»Das ist ja gerade unser Problem«, seufzte Dr. E. »Jeder von ihnen behauptet, er sei es gewesen ...«

Und plötzlich tat mir der kleine, füllige Beamte fast leid.

»Helfen Sie uns!« bat er. »Sie erhalten in allen elf Staaten der ESA jede nur denkbare Unterstützung! Geld, Ausweise für Sperrgebiete ... und natürlich die volle Akteneinsicht ...«

Ich sah ihn lange an.

»Sie wissen, daß ich nicht die geringste Ahnung von

Raumfähren, Spacelabs oder den Experimenten da oben habe?«

»Natürlich wissen wir das! Aber Sie sind uns als ein Mann empfohlen worden, der hinter die Dinge sehen kann und der Zusammenhänge erkennt, für die wir schon blind geworden sind! Ihr Bonaventura-Fall . . .«

»Okay! Okay!« sagte ich schnell. Ich wollte nicht mehr über diese Geschichte sprechen, bei der ich beinahe in meinem Berliner Penthouse verbrannt war.

»Werden Sie es tun?« fragte er.

»Normalerweise recherchiere ich keine Mordfälle . . .«

»Ich würde den Rest meiner Karriere opfern, wenn Sie herausfinden, daß Dr. John Faraday nicht durch einen Mord aus niederen Beweggründen starb.«

»Und was . . . ich meine, was werden Sie tun, wenn es so ist?«

»Wir werden die Ausbildungs- und Testprogramme entsprechend verändern«, versprach er. Ich schüttelte den Kopf.

»Was werden Sie mit dem Mann tun, den ich möglicherweise doch noch als Mörder identifiziere?«

Der kleine, füllige ESA-Direktor trank sein Whiskyglas aus. Über den Lautsprecher an der Wand des Clipper Clubs wurde der Air-France-Flug über Düsseldorf nach Paris ausgerufen.

»Es war Mord«, sagte D. E. leise. »Aber vielleicht ganz anders, als Sie denken . . .«

Er wurde mir plötzlich beinahe sympathisch. Gleichzeitig spürte ich, daß er sich nur aus Angst betrank . . .

TRPM 06/1985 Einige ungeordnete Tagebuchnotizen

Montag, 25. 6., 10.30 Uhr: Drehbuchbesprechung in Spandau, ehemalige CCC-Studios, zwischendurch mehrmals vergeblich versucht, Dr. Karl Schmitz von der Bundesanstalt für Materialprüfung anzurufen (Karlchen kennt eine

Menge Leute bei der Deutschen Forschungs- und Versuchsanstalt für Luft- und Raumfahrt).

Nachmittags: Im Penthouse am Ku'damm. Verschiedene tel. Absagen, Termin für die geplante Seychellen-Tour um drei Wochen verschoben, Telefonate mit MGM und George Lucas in Kalifornien. Personalakten von Lindemann, Faraday und Anselmo in Paris angefordert. Abends Karajan-Erinnerungskonzert in der Philharmonie. Bei der Rückkehr Telegramm aus Paris im Briefkasten: Dr. Eckel verunglückt . . .

26. 6., vormittags: Personalakten der drei ESA-Wissenschaftler mit DFVLR-Kurier von Paris über Köln eingetroffen . . . bis auf die Fotos alles auf Mikrofilm, Auswertung kann Wochen dauern!

Nachmittags: Literaturrecherche bei der Technischen Universität Berlin in Auftrag gegeben . . . alles über Projekte, Personalauswahl und Programme der European Space Agency . . . Abendessen mit Karlchen Schmitz von der BAM (war übers Wochenende in Paris, der kleine Genießer!). Kennt tatsächlich fast alle . . .

27. 6., morgens: Frühflug nach Bremen. Spacelab-Modell in Originalgröße angesehen. Außer altem Presseausweis (»SPIEGEL« wirkt immer!) keine weiteren Dokumente erforderlich. Nette Leute in Bremen, aber vollkommen ahnungslos. Halten sowohl Lindemann als auch Anselmo für angepaßte Experten ohne hervorstechende Charaktereigenschaften.

Abends: Zurück nach Berlin, Auftragsdienst hat mehrere Anrufe von Dr. Eckels Sekretärin angenommen. Soll sofort nach Paris kommen, Dr. E. bereits Sonntag am Charles de Gaulle angefahren . . .

Donnerstag, 28. 6.: Paris. Dr. E. verstorben. Seine Sekretärin (Nadia Legrande, Belgierin, 28, 174 cm, langbeinige schwarzhaarige Madonna) ausgefragt und getröstet, extrem teuer im Le Bristol gegessen. »Love in the afternoon«. (Wie kommen kleine, füllige Europabeamte zu solchen Sekretärinnen?!)

Freitag, 29. 6.: Fast eine Woche vergangen. Dann Anruf von Karlchen Schmitz: Lindemann will mich sprechen! Termin für 20.30 Uhr im Phoenix vereinbart. Die Computerlisten mit den bereits mehrfach gesiebten Unterlagen über die ESA kommen von der Technischen Universität. Unmöglich, das alles durchzuackern! Kurz vor Mittag Anruf von Dr. Ettore Anselmo. Hat mich in Paris gesehen und will ebenfalls mit mir sprechen. (Was, zum Teufel, geht hier eigentlich vor?)

Als Selbständiger bewegt man sich ständig dicht am Rande des Betruges seinen Auftraggebern gegenüber. Ein Tag hat nun mal nicht mehr als vierundzwanzig Stunden! Und für bestimmte Leistungen wird beim vereinbarten Honorar auch ein entsprechendes Maß an Zeit und Einsatz erwartet. Wer zahlt schon freiwillig ein paar Riesen, wenn er erfahren würde, daß ein Ferngespräch für 6,50 DM ausgereicht hat, um an bestimmte Informationen heranzukommen . . .

Genaugenommen hatte ich nicht einmal einen Beleg dafür, daß mich die European Space Agency mit der Suche nach dem ersten Weltraummörder der Geschichte beauftragt hatte.

Ich überlegte, ob ich mich einfach an einen der anderen ESA-Direktoren wenden sollte. Außer dem Director General und dem verstorbenen Verwaltungschef gab es schließlich noch fünf weitere Direktionen, dazu ein Koordinationsbüro, ein Kabinett des Generaldirektors und das Washington Office.

Im Pariser Hauptquartier arbeiteten nur knapp dreihundert Leute. Die übrigen anderthalb Tausend waren über halb Europa, Amerika und bis nach Französisch Guayana verstreut.

Ich versuchte, einigermaßen Ordnung in die vielen wie in Geheimsprache verschlüsselten Abkürzungen von Unterabteilungen, Forschungsprojekten und Weltraumexperimenten zu bekommen. Allein bei den Spacelabs kamen mehrere hundert wissenschaftliche und technische Versuchsanordnungen zusammen – von Schmiermitteltests bis zur Raummedizin. Darüber hinaus war ständig von Versuchen unter Bedingungen der Schwerelosigkeit die Rede.

Ich weiß nicht, was mich an den ganzen Programmen störte, aber ich wurde den unbestimmten Verdacht nicht los, daß all diese Dinge so verdammt nüchtern und mathematisch exakt durchgeführt werden sollten wie von Maschinen . . .

Wozu wurden überhaupt Menschen ins All geschossen?

Sicher, man konnte bei den Beteiligten Blutdruck und Atmung messen und hundert andere medizinische Details. Aber das war es doch nicht!

Irgendwie fehlte mir im Wust der Berichte und Experimente etwas . . .

Und dann, kurz bevor ich ins Bad meines Penthouses ging, um mich für das Zusammentreffen mit Dr. Klaus Lindemann vorzubereiten, spürte ich eine Verdichtung des Problems in meinen Gedanken. Ich sprang auf und lief ins Bad.

Der Mann, der mir aus dem Spiegel entgegenstarrte, sah nicht wie ein Wissenschaftler oder ein Weltraumkandidat aus. Dort, wo die früheren Mönche eine Tonsur hatten, lichteten sich bei mir auf natürlichem Weg die Haare. Die langen Nächte früherer Jahre hatten rund um die Augen deutliche Spuren hinterlassen. Ich habe nie Sport getrieben oder auf ergonomischen Fahrrädern Meßwerte meiner Belastbarkeit überprüft. Ich habe geraucht, gegessen, was schmeckt, und zur Freude der internationalen Schnaps-Mafia riesige Mengen Cognac und Whisky, Anis und Wodka in meinen Körper gekippt.

Nein, das würden die stillen und jahrelang dressierten Wissenschaftler der ESA nie tun! Aber verdammt, vielleicht waren milchtrinkende akademische Pfadfinder tatsächlich besser für die Eroberung des Weltraums geeignet als herumballernde Söldner!

Doch gleichzeitig grauste mir vor der Begegnung mit einem anständigen Wissenschaftler. Er konnte ein Mörder sein . . .

»Sind Sie ‚Trouble? Ruf Papa Mike'?«

Der schlanke, durchtrainiert wirkende und braungebrannte Südländer sprach mich von der Seite her an. Ich hatte gerade das Haus verlassen und sah mich nach meinem irgendwo auf dem Kurfürstendamm geparkten Stadt-Mini um.

Ich sah den sympathischen Mann mit den scharfen, klassisch geschnittenen Gesichtszügen an und hatte im gleichen Moment die wichtigsten Daten aus seiner Personalakte vor Augen.

»Dr. Ettore Anselmo«, sagte er mit einem leicht spöttischen Lächeln. »Ich hatte Sie angerufen . . .«

Erst jetzt fiel mir wieder ein, daß er akzentfrei Deutsch sprach. Darüber war ich schon bei unserem Telefonat verwundert. Ich zögerte einen Moment. Eigentlich war ich mit seinem Kollegen verabredet. Doch dann hatte ich plötzlich die Idee, mit beiden gleichzeitig zu sprechen. Das war zwar riskant, aber vielleicht konnte ich den Überraschungseffekt ausnutzen!

»Sie sind gerade erst angekommen?« fragte ich. Er nickte.

»Haben Sie . . .« – und jetzt grinste ich – ». . . haben Sie etwas gegen ein Bier?«

»Im Gegenteil!« lachte er. »Ich liebe das frischgezapfte deutsche Bier!«

»Okay, dann fühlen Sie sich eingeladen«, sagte ich, obwohl mir ganz andere Gedanken durch den Kopf gingen. Und wieder hatte ich das Gefühl, etwas sehr Wichtiges übersehen zu haben. Das war mir bereits bei Nadia Legrande in Paris so gegangen . . .

Das Phoenix war lange Zeit ein beliebter Treffpunkt für die Berliner Schickeria, die vor den Touristen in die Seitenstraßen des Kurfürstendamms ausgewichen war. An diesem Abend war nicht viel los hinter den großen Schaufensterscheiben.

Dr. Klaus Lindemann wartete bereits. Ich erkannte seine hellblonde Haartolle noch aus dem Wagen und durch die im Sommer weit geöffnete, mit einem Holzpflock festgeklemmte Tür des Ladenlokals. Aber auch er entdeckte, wer mein Beifahrer war . . .

Ich parkte, stieg aus und wartete, bis der Italiener um den kleinen Mini herumkam. Im gleichen Augenblick stieß Lindemann sein Rotweinglas um. Er fing es sofort wieder auf und stellte es auf die helle Marmorplatte eines Caféhaus-Tisches zurück.

Die beiden ESA-Wissenschaftler starrten sich durch die riesigen Fensterscheiben des Phoenix an. Es war, als hätten sie jeden Bezug zur Gegenwart verloren. Ich spürte, daß ich unwichtig für sie geworden war. Eine übermächtige Erinnerung hielt sie gefangen.

Irgendwo zwitscherten Vögel im Geäst der Straßenbäume. Ein paar Kinder lärmten in einer Toreinfahrt, und von der Pariser Straße her dröhnte der Verkehr.

Ich hütete mich, das wortlose und über fünf Meter Distanz geführte Duell der Männer zu stören. Eigentlich hätte ich genausogut den Sommerabend genießen und einfach weiterschlendern können. Denn was vor wenigen Tagen ungefähr zweihundertundfünfzig Kilometer senkrecht über dem Phoenix . . . Berlin . . . Europa . . . geschehen war, würde für einen Außenstehenden wohl nie ganz verständlich werden!

Was wußte ich denn?

Daß jeder dieser beiden ESA-Wissenschaftler von sich behauptete, den dritten Mann des Teams erstochen zu haben. Es war, als würden sie auch jetzt noch darum kämpfen, zumindest vor mir als der einzige, wahre und siegreiche Mörder dazustehen . . .

TRPM 06/1985 Nachträgliche Rekonstruktion / privatissime /

Das Telefon schrillte wie der Notruf aus einer anderen Welt. Sie mußte Lichtjahre weit entfernt sein . . .

Mühsam versuchte ich, eine Art Willensimpuls zu finden, der aus dem Chaos meines schwachen Bewußtseins irgendein Denkmuster herausfilterte. Ich fühlte mich körperlos . . . willenlos. Gleichzeitig kämpfte ich gegen ein erneutes Versinken in das schwarze Nichts an, aus dem ich gekommen war.

Angst . . . kreatürliche, grausame Angst!

Licht . . . gleißendes, schmerzhaftes Licht!

Trieb . . . Entscheidung ohne zu denken!

Es war, als würde eine komplexe Neutronenverdrahtung in meinem Hirn sich zwischen Licht und Angst zerreißen wollen. Jede Bewegung ließ wie in einem dreidimensionalen Kaleidoskop neue Impulse aus Schmerz und Gedankensplittern durcheinander kippen . . .

Irgend etwas in der Chemie meines Organismus aktivierte die äußeren Extremitäten. Ich hatte nur noch den einzigen Gedanken, das Schrillen aus der anderen Welt zu töten.

Mordgedanken!

Meine Hand fiel wie ein Roboterausleger auf den Telefonhörer.

»Verdammte ESA!« krächzte eine mir vollkommen fremde Stimme. Und dann: »TRPM GLOBAL RECHERCHEN . . .«

»Trouble! Diesmal hast du ihn wohl, Papa Mike!«

»Karlchen . . . mein . . . Gott . . . was ist geschehen?«

»Du mußt einen Kater haben, vor dem alle Weltraummonster verschreckt in die nächste Galaxis flüchten!« lachte der Mann am anderen Ende der Leitung. Es klang verdammt ironisch!

»Willst du mich umbringen? Ruf nächste Woche wieder an!«

»Du hast bereits den halben Samstag verschlafen! Aber ich gebe dir noch eine Chance: Steh auf . . . dusch dich . . . und komm wieder ins Phoenix!«

»O nein! Nicht schon wieder . . .«

Eine Art Patchwork-Teppich aus Erinnerungsflicken wischte durch mein lädiertes Bewußtsein. Dr. Ettore Anselmo . . . Karlchen um Mitternacht . . . und noch ein Doktor . . . Bier, Wodka, Rotwein . . .

»Sag mir erst, was geschehen ist!«

»Du hast stundenlang versucht, den großen Psychoanalytiker zu spielen«, sagte er. »Als ich hinzukam, warst du bereits so weit, daß du ebenfalls den Mord an John Faraday gestehen wolltest!«

»Aber ich habe doch nur . . .«

»Einen Schmarren hast du! Gegen Anselmo und Lindemann kommst du nicht an, Papa Mike!« Er zögerte einen Moment, dann sagte er: »Na schön . . . du hast herausgefunden, daß wir alle zusammen hier in Berlin studiert haben . . . Lindemann, Anselmo, Faraday und natürlich Nadia . . .«

«Moment mal! Du meinst doch nicht etwa die Sekretärin von . . .«

»Doch, Papa Mike! Sie war die Sonne, um die wir kreisten!«

»Drei Männer und eine Frau!«

»Vier!« sagte Karlchen am anderen Ende der Leitung. »Ursprünglich gehörte ich auch dazu. Wir hatten uns geschworen, daß Nadia Legrande unsere Königin ... die Ur-Eva ... sein sollte ...«

»Ich verstehe kein Wort!«

»Kannst du auch nicht«, lachte Dr. Karl Schmitz. »Wir wollten damals einen archaischen Versuch wiederholen ... die Auswahl des Besten für eine traumhafte Frau! Aber nicht durch brutale Rivalenkämpfe, sondern durch eine wissenschaftlich exakte Selektion ...«

»Dann war der Mord wohl auch eine wissenschaftliche Spitzenleistung, wie?«

»Natürlich! Deshalb beanspruchen ja Lindemann und Anselmo beide die Täterschaft für sich ... denn dieser Mord beweist eindeutig die Augenfleck-Theorie ...«

Ich kam mir auf einmal sehr alt und sehr dumm vor.

»Die was?«

»Die Theorie von der Teilung in pflanzliches und tierisches Leben«, sagte Karlchen seufzend. »Wahrscheinlich haben die drei ESA-Wissenschaftler versucht, diesen Vorgang im schwerelosen Zustand zu wiederholen ...«

Ich litt unter einem neuen Gewitter aus Blitzen und Gedankensplittern in meinem Schädel. Gleichzeitig gab ich es auf, irgend etwas verstehen zu wollen. Ich drehte den Arm zur Seite und ließ den Telefonhörer auf die Gabel fallen.

Für einen Moment fühlte ich mich tatsächlich erleichtert. Doch dann flimmerten neue Bilder durch mein gestörtes Bewußtsein ...

Andere Bilder!

Sensorische Archetypen ...

Schwerelosigkeit ... Trunkenheit ... erhöhtes Auftreten von bizarren Bildfetzen ohne Bezug zur Außenwelt ...

Traumbilder!

Erinnerungen aus meinem endothymen Urgrund ...

Mordgedanken!

Ich zwang meinen Körper in eine annähernd senkrechte Position. Vorsichtig stand ich auf. Ich streckte die Arme vor und tappte zum Bad. Es war nicht ganz einfach, gleichzeitig die Hose auszuziehen und die Wasserhähne der Duschbatterie zu regulieren. Schließlich gab ich das sinnlose »Versuch-und-Irrtum-Experiment« auf und stellte mich, so wie ich war, unter den eiskalten Wasserstrahl.

TRPM 06/1985 Konzept eines Mordes, Zeit: ca. 2 Mrd. Jahre v. Chr.

Man nehme einen Einzeller einfachster Bauart, eventuell mit einer Geißel für die Fortbewegung (z. B. die Chrysamoeba). Anschließend sorge man dafür, daß in der Nähe der Geißelwurzel ein schattenspendender Fleck innerhalb des Zellkörpers entsteht. Mit diesem Stigma (fälschlich auch »Augenfleck« genannt) lassen sich nun Reaktionen der Geißel auf Licht und Schatten hervorrufen.

Lebens-Konzept: Der Schatten des Flecks steuert die Zelle in Richtung Licht. Ergebnis: pflanzliches Leben.

Mord-Konzept: Der Schatten des Flecks steuert die Zelle in Richtung Beute. Ergebnis: tierisches Leben.

TRPM 06/1985 Konzept eines Mordes, Zeit: ca. 2000 Jahre n. Chr.

Man nehme mehrere gleichgeschlechtliche Organismen (z. B. Homo sapiens). An Stelle von Licht programmiere man Schwerelosigkeit und an Stelle von Beute Erkenntnis ein.

Lebens-Konzept: Die Schatten des Stigmas in jeder einzelnen Zelle der höheren Organismen drängen danach, möglichst vielen Individuen zu einer gemeinsamen Schwerelosigkeit zu verhelfen. Ergebnis: Glück, Frieden und Evolution.

Mord-Konzept: Die Schatten des Stigmas in jeder einzel

nen Zelle der höheren Organismen drängen nach individueller Schwerelosigkeit. Ergebnis: Haß, Angst und Rivalität.

Jeder der drei ESA-Wissenschaftler hatte gleichzeitig das Lebens-Konzept und das Mord-Konzept in sich gehabt ... den Vorsatz, den eigenen Organismus durch eine Verbindung mit Nadia Legrande in neuer Form zu repetieren ... und die Bereitschaft, notfalls zu töten, wenn sich dadurch Erkenntnis und Beute gleichzeitig erlangen ließ...

Und plötzlich wußte ich, daß ich zum Störfaktor in diesem Plan geworden war ... zum Störfaktor wie Dr. Eckel ...

Ich stolperte unter der Dusche hervor und schwankte in mein Schlafzimmer. Zerfahren zog ich die nassen Kleidungsstücke aus und trocknete mich ab. Mit einem Handtuch um die Hüften ging ich in die Küche. Ich goß Tomatensaft und Wodka zu gleichen Teilen in ein hohes Glas, pfefferte, salzte und gab Zitronensaft und einen Schuß Angostura hinzu. Zusammen mit zwei Eigelb verquirlte ich den Drink, der mir schon manches Mal die Lebensgeister zurückgebracht hatte.

Ich trank alles auf einmal aus. Danach wartete ich eine halbe Minute, bis ich die erste Wirkung zu spüren glaubte ...

Im Prinzip war die Sache ganz einfach: Drei Männer hatten sich auf den Kampf um eine Frau eingelassen, von der ich inzwischen wußte, daß sie für keinen von ihnen gut genug war!

Der einzige Unterschied zu tausend ähnlichen Rivalenkämpfen in der Vergangenheit bestand darin, daß sich die Männer eine Methode ausgesucht hatten, die ihren Mordgedanken den Mantel einer wissenschaftlichen Pionierleistung umhängen sollte ...

Ich trat ans Fenster und sah auf den brodelnden Kurfürstendamm hinunter. Waren sie wirklich einem Geheimnis des Lebens auf der Spur gewesen ... oder hatten sie sich nur den Weltraum ausgewählt, um vor jeder offiziellen Untersuchung sicher zu sein?

Wenn das so war, dann hatte Dr. Wilhelm Eckel sterben müssen, weil er sich nicht an diese Voraussetzung gehalten hatte! Er war zu mir gekommen. Genau das hatte den phantastischen und gleichzeitig wahnwitzigen Plan dieses »Versuch-und-Irrtum-Experiments« unter Bedingungen der Schwerelosigkeit noch nachträglich in Frage gestellt!

Ich mußte unwillkürlich an die großartigen medizinischen Versuche der Vergangenheit denken. Wie viele bedeutende Forscher hatten ihre Ideen zuerst an sich selbst ausprobiert?

Aber ein Mord war kein Experiment mehr!

Selbst wenn sich daraus Erkenntnisse ableiten ließen, die eines Nobel-Preises würdig waren . . .

Dr. Karl Lindemann oder Dr. Ettore Anselmo hatten einen Kollegen erstochen . . . kaltblütig, vorsätzlich und um zu beweisen, daß Schwerelosigkeit direkt auf archaische Mechanismen in lebenden Zellen einwirkte. Vielleicht hatten sie schon damals . . . in ihrer Berliner Zeit . . . mit diesem Gedanken gespielt.

Das Ganze mußte ein lange vorbereiteter Intelligenztest gewesen sein . . . eine Art russisches Roulett, bei dem jeder das Opfer sein konnte.

Jeder?

Ich fröstelte plötzlich. Und dann drehte ich mich ruckartig um.

»Intelligenztest!« lachte ich halblaut. Nein, so leicht war Papa Mike nun doch nicht reinzulegen . . .

TRPM 06/1985 Abschließende Stellungnahme für die ESA (diktiert im Krankenhaus Heckeshorn, Berlin-Wannsee)

Nach meiner Ansicht sollte in Zukunft die Vergangenheit von Wissenschafts-Passagieren im Spacelab sorgfältiger überprüft werden. Es reicht nicht aus, die körperliche und geistige Konstitution der Kandidaten über einige Jahre hinweg aufzuzeichnen. Gerade die ungewöhnlichen Einflüsse der Schwerelosigkeit könnten Verhaltensmuster entstehen lassen, die so bunt und unberechenbar sind wie die zufälligen Anordnungen von Glassplittern in einem Kinder-Kaleidoskop.

Dr. Karl Lindemann, Dr. Ettore Anselmo und Dr. John Faraday waren sicherlich ausgeglichene, hervorragend trainierte und absolut wissenschaftlich denkende Spezialisten. Aber sie hatten wie alle Menschen Träume, Ideen und menschliche Schwächen.

Es ist nicht wichtig, welcher der beiden Überlebenden Dr. John Faraday getötet hat. Sie waren beide dazu bereit, wenn auch von niederen Motiven, die eine Tötung zum Mord machen, nicht eine Sekunde lang gesprochen werden darf.

Anselmo und Lindemann glaubten an eine wissenschaftliche Großtat. Sie wären beide bereit gewesen, selber das Opfer zu sein . . . das Opfer einer natürlichen Selektion, bei dem der Beste zum Schluß die Frau bekommt, die alle drei haben wollten . . .

Warum dann aber nur ein Mord und nicht zwei?

Die Antwort ist einfach: Zwei Männer, die sich beide selbst beschuldigen, können nach unseren Gesetzen fast nie verurteilt werden.

Natürlich wäre in einem späteren Stadium eine weitere Selektion erfolgt. Doch genau das wollte der Personal-Direktor verhindern. Er mußte ausgeschaltet werden, weil er das Experiment zu stören versuchte. Doch genau das war der Fehler des wahren Täters . . .

Ich habe mir sagen lassen, daß es in der Natur ziemlich häufig vorkommt, daß nicht das stärkste, schönste oder erfolgreichste Männchen zum Sieger wird, sondern ein Außenseiter, den niemand für einen ernsthaften Gegner hält.

Ich gebe zu, daß ich Dr. Karl Schmitz erst ziemlich spät für den eigentlichen Drahtzieher gehalten habe. Er war der geistige Vater der ganzen Geschichte von einem »Augenflecken-Experiment« unter Bedingungen der Schwerelosigkeit.

Zu einem vorausberechneten Zeitpunkt ... wenn das Spacelab sich wieder einmal über Europa befand ... sollte Nadia Legrande intensiv an die drei Männer da oben denken. Und dann ... so behauptete er ... könnte sich in den Zellen der Astronauten entscheiden, welcher von ihnen das stärkste Potential für sie besaß.

Ich habe sogar schon versucht, mit ihm zu reden, ehe er mich im Flur meines Penthouses niederschoß. Ich wollte wissen, was er getan hätte, wenn sich alle drei gegenseitig umgebracht hätten. Und was er am Abend des 25. 6. in Paris gemacht hatte ... am Tag, als Dr. Wilhelm Eckel von einem Unbekannten überfahren worden war ...

Dr. Anselmo und Dr. Lindemann haben mich vorhin besucht. Sie haben mir eine Glasscheibe mit aufgedampften Kristallblumen geschenkt ... eine Art Blumenstrauß, wie er nur unter Bedingungen der Schwerelosigkeit entstehen kann.

Sie sagten, daß sie Karlchen Schmitz schon vor vielen Jahren für den Intelligentesten im Kreis um Nadia Legrande gehalten haben. Genau deshalb war er auch durch die Tests bei der DRVLR und bei der ESA gefallen. Er war sich seiner Intelligenz zu sehr bewußt, und das machte ihn zu einem Risiko.

Bei Nadia Legrande hatte er übrigens nie eine Chance.

Thomas R. P. Mielke: geb. 1940; veröffentlichte bis 1976 ca. 100 Romane (z. T. unter Pseudonym): SF und Krimis. Unter Verzicht auf »Wildwest im Weltraum«, Action oder Übersinnliches realisiert Mielke die sog. »social fiction«, in der die Zukunft den Charakter völliger Alltäglichkeit annimmt. Für die vorliegende Erzählung, in der er das philosophisch-biologische Prinzip der Mord(s)lust behandelt, erhielt er 1984 den »Literaturpreis des Science Fiction Club Deutschland für die beste SF-KG in deutscher Sprache«.

Friedhelm Werremeier

Brain Trust

Eigentlich hat der Frankfurter Wirtschaftsstaatsanwalt Willi Einns diese Horrorgeschichte angezettelt, sagt sich Gerber, sobald er halbwegs wieder klar denken kann; zumindest ist Einns ja wohl mitschuldig. Zumindest ist er insoweit mitschuldig, daß er, Gerber, jetzt nicht sofort auf den Henninger-Turm klettern muß, um sich anstandshalber in den Tod zu stürzen . . .

Aber trotz und alledem. Eines weiß er: Der Hauptübeltäter ist er selbst. Und seelisch wird er an dem Ding noch lange, schauerlich lange zu knacken haben.

Montagnachmittag ruft ihn Einns im Büro an – so hat's angefangen. »Ich würde gern ein Bier mit Ihnen trinken!« sagt er. Also verabreden sie sich im Bindingbräu Friedensstraße, am Frankfurter Hof. Wenn's nach Einns gegangen wäre, hätten sie sich glatt in der Gaststätte Klapperfeld getroffen, direkt bei der Justiz, wo jeder jeden kennt . . . aber so nun doch nicht: Der Reporter Robert Gerber ist als gebranntes Kind ein vorsichtiger Mann und besteht auf dem neutraleren Lokal.

Einns kommt dann mit dem Taxi. Noch bevor das Rippchen serviert wird, zu dem Gerber ihn einlädt, sagt er: »Ich hätte da einen gigantischen Knüller für Sie. Versprechen Sie mir in die Hand, daß Sie vor Freitag nichts bringen?«

Gerber ist zwar erst seit kurzem Frankfurter Korrespondent der Hamburger Boulevardzeitung »Mittag«, kennt den bärtigen Einns aber schon sehr viel länger. Er streckt dem Spät-Hippie, dem auf Anhieb wirklich niemand den Ankläger glauben würde, feierlich die Hand hin.

»Also gut«, sagt Einns und schüttelt sie, »sagt Ihnen der Name Berg zu Bergheim was?«

»Heinrich?« fragt Gerber. »Heinrich Berg zu Bergheim? Generaldirektor des Frantz-Konzerns?«

Einns nickt. »Stahl, Maschinen, Elektronik und alles Mögliche. Einunddreißig Milliarden Umsatz. Es gibt ein paar Erben, die kassieren aber nur. So gesehen ist Berg nicht Generaldirektor, sondern Generalbevollmächtigter. Er macht, was er will . . . ein schillernder Mann . . .«

»Und?«

»Tja«, sagt er bedächtig, »die Sache ist die, daß er's vielleicht die längste Zeit gewesen ist. Donnerstag früh nehmen wir ihn hops. Steuerhinterziehung größten Ausmaßes . . . objektiv auf jeden Fall Steuerverkürzung, subjektiv Vorsatz und Steuerunehrlichkeit. Vielleicht auch Betrug. Wir haben die Sache von der Finanzbehörde übernommen. Wenn Berg Pech hat, kann er leicht drei bis fünf Jahre fangen . . .«

Der Kellner in Frankfurter Tracht bringt die Rippchen und unaufgefordert zwei neue Biere. »Wohl bekomm's!«

»Danke, danke!« sagt Einns aufgeräumt. Er greift sofort zum Messer. »Seit dem Frühstück habe ich nichts gegessen, seit Tagen jagt eine Konferenz die andere, können Sie sich ja vorstellen bei dem dicken Hund . . .«

»Ja, ja!« Gerber ist so geschockt, daß er sich momentan eigentlich gar nichts vorstellen kann. »Wieviel hat er . . . wieviel Schmu soll er denn gemacht haben?«

Einns sagt kauend: »Zwischen . . . 'tschuldigung . . . so zwischen zwanzig und achtzig Millionen!«

Da reißt sich Gerber zusammen und trinkt erstmal, so gelassen wie möglich, einen tiefen Schluck Bier. »Warum erzählen Sie mir das?« fragt er.

»Weil Sie der einzige anständige Mensch in dem Gewerbe sind«, sagt Einns, »weil Sie immer so fair zu mir gewesen sind, daß ich Ihnen auch mal einen Stein in den Garten werfen wollte. Außerdem gibt's da von oben runter schon wieder Bestrebungen, daß man die Sache so klein wie möglich spielen soll. Und das seh ich nun nicht mehr ein . . . über jeden Piesepampel von Gauner zerreißt ihr euch das Maul, weil ihr alle Informationen von uns kriegt, die ihr haben wollt . . . und jetzt mit einem Mal, bloß, weil's der Herr Berg zu Bergheim ist . . . nee, nee, also, da spiel ich dann nicht mehr mit!«

Die ganze Zeit über hat er gegessen und mit vollem Mund geredet; offenbar war er tatsächlich völlig ausgehungert. Als er sich zufrieden den Mund wischt, hat Robert Gerber erst ganze drei Bissen verzehrt, schiebt den Teller jedoch schon weit von sich. »Wie und wo«, erkundigt er sich, »soll denn die Aktion vonstatten gehen?«

»Sowohl in der Konzernzentrale, im Frantz-Haus am Untermainkai«, sagt Einns bereitwillig, »als auch in Bergs Riesenvilla an der Miquelallee!«

»Donnerstagmorgen?«

»Punkt sechs Uhr fünfundvierzig!«

Gerber rechnet. »Aber wenn ich vor Freitag gar nichts bringen kann, haben's alle anderen auch . . .«

»Mann Gottes«, sagt der Staatsanwalt, »eines haben Sie doch in jedem Fall exklusiv! Nehmen Sie sich Ihren Fotografen und stellen Sie sich an die Miquelallee! Das gibt doch irre Fotos, wie die Polizei den Kerl aus dem Bett holt! Daß ich Ihnen noch sagen muß, wie Sie am besten Ihre Geschichten machen . . . ehrlich, Gerber . . .«

Trotzdem fragt Gerber noch: »Es geht also erstmal nur um die Durchsuchungen . . .?«

»Sicher. Im Hauptbüro und privat. Wobei's im Büro bestimmt keine so schönen Fotos gibt, in dem Riesenbetrieb fallen die paar Piepels von uns doch nicht so auf . . .«

»Keine Verhaftung?« fragt Gerber.

»An dem Tag sicher noch nicht . . .«

»Also«, folgert er, »brauchen Sie offenbar noch einiges für die Anklage?«

Da zögert Einns. »Soviel wollte ich Ihnen eigentlich nicht verraten«, sagt er schließlich . . . aber, na bitte . . . also, wenn wir gar nichts finden, sieht's mit der Beweislage tatsächlich mies aus, wie meistens bei diesen White-Collar-Dingern.

Nur, warum sollten wir nichts finden? Warum sollte Berg was verschwinden lassen, wenn er nicht weiß, daß was auf ihn zukommt? Gerade deshalb ... keine Zeile vor Freitag!«

»Nein, nein!« murmelt Gerber.

»... ganze acht Leute wissen momentan über den Fall Bescheid, so gesehen sind Sie der achte ...«

»Ja, ja!« sagt er. Der Schädel brummt ihm. Trotzdem trinkt er mit Willi Einns noch zwei Schnäpse, bevor er ihn nach Niederursel fährt und dort vor seinem Reihenhaus absetzt.

Nachts tut er kein Auge zu. Solche Fälle gibt's also, sagt er sich, plötzlich bist du Geheimnisträger, weil ein echter Geheimnisträger sein soziales Herz entdeckt! Plötzlich verkauft dir einer für'n Rippchen den Superscoop ...

Kurz nach drei Uhr steht Gerber auf und holt sich ein Bier aus dem Kühlschrank. Die Summe von zwanzig bis achtzig Millionen wird dadurch auch nicht kleiner.

Heinrich Berg zu Bergheim: ein schöner Name. Ein schöner Mann dazu, soweit er ihn von Fotos her kennt; auf einem Bonner Presseball hat er ihn auf drei Meter Distanz auch mal persönlich gesehen. Muß etliches über fünfzig sein, obgleich er jünger aussieht: seit ewig der Star der Hochfinanz und Society. Demnächst nur noch ein Steuergauner im Knast?

Im Grunde ist dieser schillernde Mann ein sympathischer Typ in Gerbers Augen. Und in seiner Größenordnung gibt's bestimmt wenige, die den Staat nicht bescheißen, illegal, halb legal oder ganz ... meine Güte, warum greifen sie sich ihn?

Berg zu Bergheim: manchmal kurz Berg, manchmal – nicht ganz korrekt – Bergheim genannt. Es trifft immer die Falschen, denkt Gerber fatalistisch. Ihn selbst ja auch auch: Vor sechs Monaten erst hat die Finanzprüfung anhand von Kontrollmitteilungen festgestellt, daß der Steuerbürger Gerber drei Jahre lang ein paar lumpige Fernsehhonorare nicht angegeben hatte – haste, was kannste, schon mußte er fast fünftausend Mark »vergessene« Einkommensteuer nachzahlen! Genau in der Zeit, in der er von Hamburg nach Frankfurt umzog: Das tat weh! Nicht mal Ratenzahlungen hatten sie ihm gestattet! Und das Ende vom Lied: Er hatte jetzt noch ein rotes Bankkonto und immer noch diesen alten Opel von anno Borgward!

Schon von daher tut ihm der reiche Strahlemann leid. Als Kumpel im Unglück: Irgendwann kommt's ja auf die Höhe des Schadens kaum noch an . . .

Aber macht die mit hundertsoundsoviel Milliarden überschuldete Bundesrepublik etwa pleite, fragt Gerber sich plötzlich, wenn ihr nun auch noch die albernen zwanzig bis achtzig Millionen von Berg zu Bergheim durch die Lappen gehen?

Kaum anzunehmen.

Kriegt der Finanzminister auch nur leichte Kopfschmerzen, wenn ihm der Fall durchrutscht?

Kein Gedanke. Umgekehrt: Froh wird er sein, daß er dem Smartie vom Frantz-Konzern auch künftig noch seine dürftigen Witzchen erzählen kann – und daß der dann auch noch darüber lacht, charming, wie er sein soll . . .

Langsam wird's jetzt hell draußen, und Robert Berger holt sich ein frisches Bier. Und gleich darauf faßt er – scheinbar hellwach, in Wirklichkeit aber in einer gefährlichen, pseudo -lichten Bewußtseinslage – einen ebenso riskanten wie möglicherweise folgenschweren Entschluß:

Kumpel im Unglück, beschließt er, müssen einander helfen. Also wird er heute, Dienstag, versuchen, Heinrich Berg zu Bergheim zu erreichen, um ihm die Kiste zu verpfeifen! Einns hat er nur versprochen, daß bis Freitag nichts im Blatt steht . . . außerdem kann's dem egal sein, es ist nicht sein Geld . . .

Eine Gefälligkeit allerdings muß sich Berg ihm – seinem Retter – gegenüber auch abkneifen. Wenn er ihm hilft, zwanzig bis achtzig Millionen zu sparen, kann er ihm ja nun wirklich eine davon abgeben!

Das ist ein Preis unter Freunden. Und immer noch, alles in allem, ein sensationelles Geschäft für den Generalbevollmächtigten des Frantz-Konzerns mit seinen zahllosen einundfünfzig- bis hundertprozentigen Tochterfirmen:

Berg hätte neunzehn bis neunundsiebzig Mios verdient, er – Gerber – nur eine. Aber mehr will er ja auch gar nicht haben!

Dienstag, 18 Uhr, klappt's tatsächlich mit einem Termin: In der Chefetage ist es nicht mal so üppig, wie Gerber erwartet hatte. Er sitzt, mit dem Rücken zum getönten Panoramafenster, ziemlich steif in den ziemlich harten Polstern. Immerhin sind sie wahrscheinlich von DeSede, sagt er sich, den Schweizern, die die Sofas noch mit der Hand schneidern. Außerdem zeigt ihm Berg zu Bergheim, ihm gegenüber, wie man lässig mit den teuren Dingern umgeht: halb sitzt er, halb liegt er, hat die Beine von sich gestreckt und die Hände zwischen Kopf und Lehne gefaltet.

»Ich darf mal«, sagt er, nachdem er eine halbe Stunde zugehört hat, »zusammenfassen, Herr ...«

»Gerber«, sagt Gerber, »vom ‚Mittag', momentan privat ...«

»... eben, Herr Gerber. Punkt eins. Sie schleichen sich als Reporter hier ein, müssen angeblich ein Interview machen, das unbedingt morgen ins Blatt muß, ich als grundsätzlich höflicher Mensch ... und so weiter. Finden Sie das korrekt?«

Gerber denkt unwillkürlich an das Zaubergeschöpf im Vorzimmer, das aussieht wie Bo Derek ... übrigens, wenn die nicht so nett gewesen wäre, hätte er vorhin noch auf dem Absatz kehrtgemacht. »Hätte ich Ihrer Sekretärin vielleicht die Wahrheit sagen sollen?« fragt er.

»Die Wahrheit?« sagt Berg zu Bergheim gedehnt. »Oh Gott! Es ist also wahr, daß Sie glauben, ich sei in einer entsetzlichen Gefahr und könne ihr nur entrinnen, wenn Sie mir sagen, woher der Wind weht! Korrekt?«

»Soweit ja«, gibt Gerber zu, »nur . . .«

». . . nur verknüpfen Sie leider Ihre Bereitschaft, mir zu helfen, mit einer massiven Forderung . . .«

»Sie ist angemessen!« unterbricht er.

». . . mit der Forderung von einer Million Mark. Sagen Sie mal, Bester, glauben Sie wirklich, ich könnte mir hier an der Hauptkasse einfach mal so eben eine Million holen?«

»Vielleicht holen Sie sie von Ihrem Privatkonto!« schlägt Gerber vor, so schwer es ihm fällt.

»Ach!« sagt Berg zu Bergheim verblüfft. »Würden Sie denn einen Scheck von mir nehmen oder bestehen Sie auf kleinen Scheinen, nicht numeriert?«

Gerber bricht der Schweiß aus. Es läuft schief, sagt er sich, nachdem's ganz gut angefangen hatte . . . gut und schön, aber muß er mich deshalb anmachen wie den letzten Erpresser?

»Ich habe Sie was gefragt!« sagt Berg zu Bergheim. Er ist größer, als Gerber ihn in Erinnerung hatte, braungebrannt, anscheinend kerngesund, duftig, flockig, souverän und sicher ein riesiges Schlitzohr. Bedächtig schält er eine Davidoff aus ihrem Etui, präpariert sie mit Genuß und natürlicher Eleganz und entzündet mit einer Art Kaminstreichholz. »Oder«, sagt er beiläufig, während er aromatische Wolken aus dem Mund entläßt, »soll . . . ich Sie . . . gleich rausschmeißen?«

Gerber nimmt sich zusammen. »Ich würd's für dumm halten. Ich habe Ihnen klargemacht, warum ich Ihnen das, was Ihnen droht, nicht mal andeuten kann . . .«

»Wiederholen Sie's!« verlangt Berg zu Bergheim.

»Es handelt sich«, sagt Gerber, »um eine Gefährdung Ihrer gesamten beruflichen und privaten Existenz. Wieweit es sich auf den Konzern auswirken würde, kann ich nicht beurteilen. Ob's im Ansatz mehr den Konzern oder Sie trifft, weiß ich auch nicht . . . aber wenn ich Ihnen mehr sage, wissen Sie sofort, wo's lang geht und spucken keinen Pfennig mehr für mich aus!«

Heinrich Berg zu Bergheim, Ehrendoktor beider Rechte, gestattet sich ein warmes Lächeln. »Könnt' nicht sein, lieber Freund, daß Sie meine Dankbarkeit unterschätzen?«

»Nie«, sagt Gerber entschlossen, »würden Sie nur aus Dankbarkeit eine Million zahlen!«

»Hunderttausend oder eine halbe Million«, lächelt Berg zu Bergheim, »wären ja auch was . . .«

»Für mich deshalb nicht«, lächelt Gerber tapfer zurück, »weil ich unter einer Million nicht bestechlich wäre!«

Berg zu Bergheim steht auf, geht, mit der Zigarre im Mund, lautlos über den dicken Teppich zum Fenster und stellt sich dekorativ vor die Kulisse der Frankfurter City. »Wie alle Menschen in meiner Position habe ich einen natürlichen Geiz«, sagt er, »er gehört zu ihr wie das Blut zum Leben. Es widerstrebt mir zutiefst, auch nur hundert Mark auszugeben, von denen ich nicht hundertprozentig weiß, ob sie auch sinnvoll verwendet werden. Und nun kommen Sie und verlangen eine Million . . . sehen Sie es mal unter diesem Gesichtspunkt!«

»Sicher«, sagt Gerber, »ist mir schon klar. Bloß, wie die Dinge nun mal liegen . . .«

». . . also gut«, entscheidet er, »ich überleg's mir!«

»Bis wann?«

»Morgen früh . . . sieben Uhr dreißig?«

»Viel länger«, sagt Gerber vorsichtig, »dürfte es allerdings nicht mehr dauern . . .«

»Okay, okay. Aber machen Sie sich um Himmelswillen nicht zuviel Hoffnungen!«

Er ist wieder hinter den riesigen, völlig leeren Schreibtisch gegangen und hat offenbar, ohne, daß Gerber es merkte, einen Knopf gedrückt. Wie von Zauberhand nämlich öffnet sich die schwere, lederverkleidete, schalldichte Tür, und Bo Derek aus dem Vorzimmer erscheint. »Bitte, Herr Gerber . . . wenn ich Sie hinausbegleiten darf . . .«

»Perfekt, perfekt!« sagt Gerber anerkennend.

Heinrich Berg zu Bergheim gibt ihm die Hand: Der Druck ist nicht mehr ganz so fest, wie der Mann groß ist. »Bring ihn bis zum Ausgang, Charlotte«, sagt er, »und sag Bescheid, daß er morgen früh gleich durchgelassen wird. Noch eins . . .«

Jetzt lächelt er nicht, jetzt grinst er.

». . . paß auf, daß er dir kein Horoskop stellt. Hat er gerade schon bei mir versucht . . .«

»Die Sterne lügen nicht!« sagt Gerber düster.

»Und wie stehen sie so?« fragt Charlotte Derek.

»In dramatischer Konstellation!« behauptet er. Da sieht sie ihn skeptisch, aber irgendwie auch betroffen an.

Berg zu Bergheim gibt anschließend, wie Gerber sich später aus den Worten von Charlotte und anderen Leuten zusammenreimt, ein leuchtendes Beispiel an Entschlußfreudigkeit. Er berät sich vertraulich mit Charlotte; dann beschließt er, zwar die Tatsache bekanntzugeben, daß man ihn auf seltsame Art gewarnt hat, die Hintergründe jedoch zu verschleiern. Vielleicht tut er's, weil, wie auch immer, die Presse im Spiel ist . . . dem Verschleiern im eigenen Haus jedenfalls dient es bereits, daß er an seinen Direktapparat ein Tonbandgerät schließen läßt. Und sobald auch das getan ist, legt er mit seinem persönlichen Referenten Dr. Gottschalk, einem intelligenten, aber ziemlich farblosen Mann Ende dreißig, den Termin für ein Gipfeltreffen fest:

20.30 Uhr, am selben Abend. Finanzchef Geyer, sagt Dr. Gottschalk, würde mit einem der konzerneigenen Learjets aus Hannover einfliegen müssen, Chefjustitiar Professor Kramm würde erst die Lufthansa 19.50 Uhr ab München erreichen und ebenfalls etwas später kommen – aber das reicht! meint Bergheim. Alle übrigen Direktoren, sagt Gottschalk, seien in Frankfurt.

»Apropos«, überlegt der Boß, »sagen Sie Tabritius« – dem Jet-Piloten – »daß es morgen sehr früh losgeht . . .«

Gottschalk nickt. Er hat's gern, wenn gewirbelt wird.

Unvermittelt allerdings kriegt der Boß einen gequälten Gesichtsausdruck. Er massiert sich den Nacken. »Diese Scheiße«, sagt, »die man da manchmal wegräumen muß!«

»Wollen Sie sich nicht etwas hinlegen?« fragt Gottschalk, mehr der Form halber.

Wider Erwarten aber sagt er: »Gute Idee!« Er zieht sich in sein komfortables Appartement hinter dem Privatbüro zurück, telefoniert noch kurz, insofern wohl mit seiner Frau, und ist dann still.

Und ausgeruht und wie neugeboren, nur zwanzig Minuten später, erscheint er um 20.31 Uhr im kleinen Konferenzraum. Reihum und mit Handschlag begrüßt er den Verkaufschef Wangenroth, den Leiter der Produktion, Dr.-Ing. Edgar Böse, den Chef des Zentralbüros, Schultheß, sowie, unter all den Direktoren der Stabsabteilungen, die einzige Randfigur: Michael Prager, Leiter der Arbeitsgruppe Öffentlichkeitsarbeit. Der als einziger hat sich, wie Berg zu Bergheim fast neidisch registriert, unter all diesen Krawattenträgern ein Tuch in den Hemdausschnitt geknüpft und ist sogar in einer Lederjacke erschienen, wenn auch in einer sicher sündhaft teuren.

Charlotte hat Fachinger auf dem Tisch verteilen lassen und sonst gar nichts: Von daher kann's eine lange Nacht werden, sagt sich Schultheß, mit vierundsechzig der älteste in der Runde. Vor Berg zu Bergheim steht die Davidoff-Box; außer ihm raucht nur Böse, und auch nur eigene Zigaretten . . .

»Zwei Dinge«, sagt Bergheim ohne jede Einleitung, »erstens, ich bin heute von einem Reporter der Zeitung ‚Mittag' interviewt worden, eine ‚Tour d'Horizon', wie er's selber nannte, der Spaßvogel . . .«

Er lächelt ungeniert, als er sieht, wie Böse und Wangenroth die Nase rümpfen.

». . . man kann da nicht immer nein sagen, Herr Wangenroth, die Zeiten sind vorbei, in denen wir nur die FAZ ins

Haus ließen, und das auch nur Ostern und Weihnachten ... also, nichts Besonderes, wie ich sagte, außerdem hat der Mann mir versprochen, daß er mir das Interview morgen noch mal vorlegt. Ein gewisser Gerber, übrigens ... vielleicht sehen Sie mal nach, Herr Prager, was man so über den Vogel weiß ...«

»Jetzt gleich?« fragt Prager.

»Ja, aber sicher!« sagt der Generalbevollmächtigte. »Und lassen Sie sich Zeit, machen Sie's gründlich, wir sitzen hier bestimmt noch länger zusammen ...«

Prager steht auf und geht, dunkelrot im Gesicht, aus dem Raum. Er hat verstanden, daß sein Typ momentan nicht sonderlich gefragt ist.

»Um das Thema dann abzuschließen«, sagt Berg zu Bergheim, als er aus dem Raum ist, »es könnte sein, daß ich Sie oder den einen oder anderen von Ihnen doch noch mal zu Rate ziehe, wenn mir das Interview vorliegt. Ich möchte Sie also bitten, morgen den ganzen Tag über erreichbar zu sein!«

Komisch, denkt Gottschalk, soviel Tamtam macht er selten wegen irgendeiner Pressegeschichte! Immerhin ist er der einzige, der sich wundert – die anderen haben es lange aufgegeben, Berg zu Bergheims Intentionen hinterher zu denken ...

»Zweitens«, sagt der Boß, »muß ich Sie dann mit einem auf den ersten Blick etwas obskuren Problem behelligen. Ich habe heute eine Warnung erhalten, die anscheinend sowohl mich als auch den Konzern betrifft. Nach Form und Inhalt der Mitteilung kann ich nicht ausschließen, daß sie ernstzunehmen ist. Insofern wird es in den nächsten Stunden unsere Aufgabe sein, über mögliche Schwachstellen in der Konzernstruktur nachzudenken und sie zu sichern!«

Der Chef des Zentralbüros fragt sofort: »Bomben?«

»Keine Ahnung«, sagt Berg zu Bergheim, »es könnten Bomben sein, es könnten keine Bomben sein ...«

»Sabotage?« fragt Schultheß weiter.

»Terroristen?« ergänzt Wangenroth.

»Ich sagte Ihnen doch, daß ich keine Ahnung habe«, sagt Berg zu Bergheim nachsichtig, »natürlich kann's die sogenannte RAF sein oder auch nur ein paar Kriminelle ohne politschen Hintergrund, was weiß ich, womöglich gar die Konkurrenz oder . . .«

»Oder?« fragt Böse, als er stockt.

»Oder sonstwas!« antwortet Berg zu Bergheim. »Aber damit warten wir, bis unser Finanzchef da ist!«

Schultheß, der Senior im Brain Trust, gibt sich geradezu persönlich verärgert. »Es ist mir in fast vierzig Jahren in der Industrie noch nicht vorgekommen, daß auf einer Direktoriumssitzung Indianer gespielt wurde. Was, bitte, Herr Berg, hat sich da im einzelnen abgespielt?«

Da lügt der Generalbevollmächtigte schamlos. »Gegen sechzehn Uhr erreichte mich ein Anruf auf meinem Direktanschluß. Ein Mann, der seinen Namen nicht nannte, teilte mir mit, dem Konzern drohe ein Schaden in Milliardenhöhe. Ich habe versucht, dieselben Fragen zu stellen wie Sie vorhin, von wegen Bomben und Extremisten und Geschäftsschädigung, welcher Art immer . . . es war zwecklos. Im Grunde war der Anrufer recht freundlich, eine recht kultivierte Stimme . . . außerdem hatte er durchaus Ahnung von finanziellen und wirtschaftlichen Zusammenhängen, hatte durchaus die richtigen Sprüche drauf. Und jetzt kommt's, Herr Schultheß . . . der Kerl gebrauchte fast genau Ihre Worte. Natürlich müsse ich den Eindruck haben, es handele sich hier um ein Indianerspiel, sagte er. Nur sei's leider ernst . . . man werde in aller Kürze Forderungen an uns stellen, und wir wären gut beraten, wenn wir sie erfüllen würden . . .«

»Will er sich wieder melden?« fragt Gottschalk, der zuletzt mit offenem Mund zugehört hat.

»Genau das sagte ich!« sagt Berg geduldig.

»Wann?«

»Er hat sich nicht festgelegt, auch das sagte ich. Aber ich

habe Charlotte informiert ... sie wird dafür sorgen, daß keine Anrufe verschütt gehen!«

»Also, mir scheint's doch auf eine terroristische Erpressung hinauszulaufen!« meint der Verkaufschef. »Ich schlage vor, abzuwarten und ad hoc zu entscheiden, ob wir die Polizei einschalten oder ... na ja, uns erpressen lassen. Wenn ich denke, was sie mit Schleyer gemacht haben ... obgleich der ja nie eine Chance hatte, zu zahlen ...«

Gerade jetzt geht die Tür auf, und der Finanzchef und der Chefjustitiar erscheinen gemeinsam; Gottschalk hat dafür gesorgt, daß sie sich am Flughafen getroffen haben. Er geht jetzt mit den beiden Herren in eine Ecke und unterrichtet sie präzise über den Konferenzverlauf. Und inzwischen geht's weiter: Auf die Weise geht keine Minute verloren.

Berg zu Bergheim sagt: »Ich habe noch nie mit Terroristen geredet. Aber ich möchte wetten, daß die anders reden!«

Wangenroth meint: »Trotzdem ...«

»... trotzdem«, sagt der Generalbevollmächtigte, »halte ich die von Ihnen vorgeschlagene Taktik für diskutabel, für den Fall einer Entführung oder was immer. Für jeden anderen Fall allerdings müssen wir ja wohl weiterdenken. Schlicht und einfach darüber, wo wir verwundbar sind!«

Chefjustitiar Professor Kramm meldet sich. »Sie haben doch sicher das Aufnahmegerät eingeschaltet, Herr Berg, als der Anruf kam?«

Berg zu Bergheim schüttelt den Kopf. »Ich sagte, der Anruf ging auf dem Direktapparat ein. Dessen Nummer ist nur Leuten bekannt, die ich für absolut vertrauenswürdig halte. Sie, und Sie alle, werden es sicher verstehen, daß ich es grundsätzlich ablehne, einen der wenigen mir verbliebenen Freiräume mit Tonbändern einzuengen!«

»Ihr Anschluß hat keine Aufnahmemöglichkeit?« fragt der hagere Kramm ungläubig.

»Er wird, wenn dieser Unfug vorbei ist, auch künftig

keine haben!« sagt Berg zu Bergheim brüsk. Insgeheim gratuliert er sich, daß er so umsichtig war, vorhin ein Gerät anschließen zu lassen: Gerade wenn die Details stimmen, werden Storys glaubwürdig. »Ende der Fahnenstange!«

Friedrich Geyer, nach ihm der wichtigste Mann in der Konzernspitze, klopft mit dem Kugelschreiber auf den Tisch. »Wenn ich Herrn Gottschalk richtig verstanden habe, Herr Berg, geht aus der ominösen Drohung nicht zwingend hervor, daß uns ein gewaltsamer Akt ins Haus steht?«

»Richtig!« bestätigt der Generalbevollmächtigte.

»Es könnte sich also auch um einen . . . sagen wir: finanztechnischen Affront handeln?«

Er sieht in die Runde: Alle nicken, weil sie diese Probleme ohnehin nicht durchschauen. Nur Kramm schüttelt den Kopf, was aber eher drauf schließen läßt, daß er den Leichtsinn Bergs immer noch nicht fassen kann.

»Somit«, sagt Geyer, »wäre es also geraten, vorurteilslos mal den gesamten Kredit- und Bürgschaftsbereich abzuklopfen . . .«

». . . beziehungsweise«, erklärt Berg zu Bergheim mit seinem gelegentlich umwerfenden Charme, »ob wir in der letzten Zeit nicht doch wieder mal etliche krumme Dinger gedreht haben, was mich nicht wundern würde . . .«

Geyer allerdings bleibt humorlos. »Unter meiner Ägide werden ausschließlich legale Möglichkeiten ausgeschöpft. Sie stehen jederzeit im Einklang mit den Gesetzen, wenngleich ich für deren Sinn oder Unsinn nicht verantwortlich bin. Wollten Sie das sagen, Herr Berg?«

»Aber klar!« sagt er fröhlich. Dann, endlich, sucht er in seiner Sandelholzbox nach der richtigen Zigarre – das Zeichen dafür, daß es ernst wird.

»Fangen wir bei Böse an«, sagt Berg zu Bergheim sachlich, »in welchem unserer Produktionsbereiche könnte man uns am ehesten Knüppel zwischen die Beine werfen?«

Dr.-Ing. Böse, nach dem Generalbevollmächtigten der

zweitschönste, zweitklügste und vermutlich auch zweitwichtigste Mann im Gremium, hat längst auf die Frage gewartet. »Anfällig sind wir überall«, sagt er, »existentiell anfällig in den seltensten Fällen. Irgendeine, na, Sabotage läßt sich technisch wie finanziell auffangen ... wenn ich daran denke, wie die Nazis die alliierten Bombenangriffe verkraftet haben, und beim heutigen Stand der Technologie ...«

»Gibt's nicht eine Ausnahme?« fragt Berg zu Bergheim.

»Die Turbine für die Saudis im Werk Rheinhausen!« sagt Böse sofort. »Diese Scheiche sind preußischer als die Preußen ... wenn wir da auch nur drei Tage zu spät liefern, können wir uns das Geschäft an den Hut stecken. Unheimlich empfindlich ... denen könnten wir hundertmal nachweisen, daß uns da einer Zucker in den Saft getan hat oder sonst was hochgegangen ist, das interessiert die überhaupt nicht! Auf der anderen Seite haben wir da sowieso noch Schwierigkeiten mit dem neuen Wärmeaustauschersystem ... also, wenn uns da einer dran dreht, würd's mit Sicherheit fürchterlich ...«

»Was«, fragt Berg zu Bergheim, »läßt sich im allgemeinen über den Rheinhausener Werkschutz sagen?«

»Der ist super«, sagt Dr. Böse, »mit dem Leiter habe ich vorige Woche noch geredet. Könnte drei Leute mehr haben, hat er gesagt«

»Ziehen Sie sechs gestandene Figuren aus Homberg ab«, entscheidet Berg zu Bergheim, »möglichst noch heute nacht, füllen Sie die Homberger Lücke dann in Ruhe wieder auf. War's das?«

»Das war's!« sagt der Produktionschef.

»Okay. Wangenroth?«

Der Verkaufschef, eine fast lächerlich untersetzte Gestalt ohne Hals, sagt todernst: »Wenn ich mal ausschließe, daß uns ein Güterzug mit Traktoren geklaut werden könnte, befürchte ich eher ein publizistisches Attentat...«

»Die Panzerwannen?«

»Woher wissen Sie das denn?« fragt Wangenroth perplex.

»Ja, was soll's denn sonst sein?«

»Manchmal denk ich, Sie können Gedanken lesen«, sagt Wangenroth unwirsch, »aber na schön, Sie haben recht. Ich würd's als ziemlich schlimm ansehen, wenn uns jemand dahinter käme, daß wir zur Zeit dreimal mehr Leopard-Wannen bauen, als die Bundeswehr auf lange Sicht braucht . . .«

Berg zu Bergheim beruhigt ihn: »Ich versuche, gleich morgen den Kanzler zu erreichen. Natürlich teile ich Ihre Bedenken, Herr Wangenroth. . . gerade deshalb seh ich nicht ein, warum wir ein politisches Risiko tragen sollen, das die Bundesregierung wieder mal scheut. Notfalls drohen wir mit Kurzarbeit. . . dann müssen sie ihre Waffenkunden wegen Terminschwierigkeiten vertrösten. Oder sie sagen öffentlich, daß es durch die Panzerwannen gar keine Kurzarbeitung bei uns geben darf!«

»Warum«, fragt Wangenroth pikiert, »ist Ihnen diese hervorragende Idee nicht früher gekommen?«

Berg zu Bergheim kontert souverän: »Da sehen Sie mal, wie meine Denkfähigkeit durch kriminelle Drohungen angeregt wird! Allerdings könnt's nicht schaden, wenn Sie sich die Unterlagen mal persönlich ansehen. . .«

»Filzen?« fragt Wangenroth überrascht.

»Heißt das so?« fragt Berg zurück, reichlich naiv.

Anschließend gibt der Leiter des Zentralbüros, inzwischen doch wohl vom Ernst der Lage überzeugt, einen Überblick über die Störungsmöglichkeiten im internen Kommunikationssystem aller Frantz-Töchter untereinander mit der Mutter. Man könne Codes anzapfen und die Computer knacken, sagt er. . . es sei kaum auszudenken, erstens, welches Chaos entstehen könne, und zweitens, vor allem, welche Spionagemöglichkeiten sich hier im gesamten Geschäftsbereich und im Know-how des, so gesehen, durchaus anfälligen Konzerns eröffneten. . .

Berg zu Bergheim erkundigt sich angelegentlich: »Aber wenn das so einfach ist . . . warum wird's dann grundsätzlich nicht mal öfter praktiziert, mal ganz unabhängig von unseren augenblicklichen Problemen?«

Schultheß sagt, er habe das Problem im Rahmen dieser Besprechung verständlicherweise nur strukturell angesprochen. In der Realität beziehungsweise im Detail seien die Zusammenhänge naturgemäß sehr viel komplizierter ... so gesehen müsse jemand schon eine Mannschaft in der Größenordnung eines mittleren Geheimdienstes ein- und ansetzen, um einen Schadensfall von Bedeutung zu verursachen. Dabei stelle sich dann natürlich die Frage, ob die Kosten eines solchen Unterfangens mit dem zu erwartenden Erfolg überhaupt noch zu vereinbaren seien ... abgesehen davon sei es ja auch wohl immer noch nicht üblich, daß konkurrierende Konzerne sich auf diese Weise zu schädigen versuchten ...

»Mit anderen Worten«, folgerte Berg zu Bergheim, »ist es unwahrscheinlich, daß wir aus der Ecke ernsthaft was zu befürchten haben?«

Schultheß zögert. Er hat immer Probleme, den anderen zu erläutern, was er eigentlich im Detail macht, vielleicht deswegen gerät er leicht ins scheinbar Metaphysische. »Es gibt ein Faktum, Herr Berg, das mich chronisch ängstigt. Ich will's mal so verdeutlichen ... Menschen, die angegriffen oder bedroht werden, entwickeln Abwehrmechanismen, Computer hingegen nicht. Daß sie angegriffen werden, merken sie erst, wenn sie tot sind ... kaputt, meine ich ... außerdem haben sie, damit zusammenhängend, die äußerst unangenehme Eigenschaft, daß sie alles, was sie gespeichert haben, am liebsten nie wieder rausrücken. Es ist bekanntlich ein internationales Forschungsproblem, Computer ein für allemal dazu zu bringen, nicht mehr benötigte Daten sang und klanglos zu löschen ...«

»Gespenstisch!« sagt der Generalbevollmächtigte. »Einmal angezapft, würde unser Computer dem Feind also hemmungslos das Prinzip des Verbrennungsmotors ausliefern?«

»Sparen Sie sich Ihren Zynismus!« meint Schultheß, mehr bekümmert als vorwurfsvoll, »Sie sollten froh sein, daß ich Ihre Fragen eindeutig beantwortet habe!«

»Eindeutig?« fragt Berg erstaunt.

»Jawohl!« sagt Schultheß stur. »Grundsätzlich sind unsere Systeme und die Organisation verwundbar, habe ich Ihnen mitgeteilt. Auf die Schnelle haben wir in dieser Hinsicht wahrscheinlich nichts zu befürchten!«

»Checken Sie trotzdem, ob's Maulwürfe gibt!« verlangt der oberste Boß.

Inzwischen geht's auf Mitternacht, und unter Charlottes Leitung werden von zwei Casino-Mädchen Schnittchen serviert. Böse, Wangenroth und Schultheiß nehmen sich ein paar auf die Hand und verlassen die Konferenz, um die bisher besprochenen Maßnahmen zu verwirklichen: Der Frantz-Konzern macht im Rahmen seiner Möglichkeiten mobil. Es dürfte nicht leicht sein, denkt sein Boß, den Riesen in die Luft zu sprengen oder auch nur ins Schleudern zu bringen; sicherlich ist es ähnlich schwierig, Elefanten totzuschießen . . .

»Also, was ist?« fragt er. »Was haben wir noch vergessen, was kann passieren?«

Noch kauend fragt der Chefjustitiar, ob das, was veranlaßt wurde, ausreicht, um für jeden vorstellbaren Schadensfall den Versicherungsschutz zu gewährleisten.

»Ein glänzender Einfall!« lobt der Generalbevollmächtigte. Er schaut auf die Uhr. »Bis morgen früh können Sie ihn sicher noch rechtlich vertiefen, Professor!«

»Sicher«, sagt Kramm mürrisch, »einer für alle . . .«

Dann allerdings dreht sich der Brain Trust im Kreise. Brain Stormings, wie Hurrikane, pflegen abzuflauen, endgültig, aber auch schon zwischendurch. »Ich habe Kopfschmerzen«, sagt Berg zu Bergheim, »dieser ganze Scheiß macht mich schon den ganzen Abend schwindlig . . .«

Geyer indessen schreibt und rechnet und rechnet. Er füllt Seite um Seite mit Zahlen und Hieroglyphen – und er sieht nur mal kurz über die Brille, die ihm auf die Nasenspitze gerutscht ist, als Gottschalk den Chef fragt: »Haben Sie eigentlich auch daran gedacht, daß die Gefahr . . . daß es auch Ihnen oder Ihrer Familie gelten kann?«

Berg zu Bergheim nickt. »Für mich kann ich selbst sorgen, auf keinen Fall will ich mich jemals wieder mit einer Polizeieskorte rumärgern. Meine Frau und Bettina allerdings werden gleich um sechs mit Tabritius nach Samedan fliegen und die nächste Zeit in Moritz zubringen . . .«

»Sie wissen noch, daß wir letztes Jahr diese anonymen Briefe gekriegt haben?« sagt Gottschalk beflissen.

»Sicher. Deshalb habe ich ja auch gleich mit meiner Frau telefoniert. Jedenfalls weiß sie Bescheid und ist einverstanden und wird mit meiner Tochter rechtzeitig abgeholt!« Er reibt sich die Augen, müde und erschöpft – anscheinend viel erschöpfter als in anderen Nächten. »Allerdings frage ich mich, ob's nicht irgendeinen von uns treffen könnte . . .«

Da sieht Gottschalk ihn groß an. »Mich kennt keiner«, sagt er mürrisch, »mit mir ist kein Staat zu machen!«

Berg überlegt. »Wir sollten jeden fragen . . .«

»Quatsch«, sagt Geyer, »kein Mensch will sich beschatten lassen wegen eines verrückten Anrufs!«

»Trotzdem«, sagt der Generalbevollmächtigte, »werde ich morgen jeden einzelnen fragen!«

Professor Kramm, eigentlich längst auf dem Sprung, seine Versicherungs-Expertise zu verfertigen, hat vorab noch eine Sorge. Er muß wissen, meint er, wie's denn nun wirklich mit eventuellen finanziellen Bedrohungen steht; immerhin, sagt er sachlich, habe Geyer das Thema vorhin selbst angeschnitten.

»Nichts!« sagt Geyer lediglich. Zuvor hat er Berg zu Bergheim, was Kramm entgangen ist, fragend angeschaut und gesehen, daß er den Kopf schüttelte.

Berg zu Bergheim kommt ihm auch noch direkt zu Hilfe, bevor Kramm weiter fragen kann. »Ich wollte anschließend sowieso noch einiges, das hier nicht zur Sache gehört, mit

Herrn Geyer durchsprechen. Selbstverständlich sind alle Herren, die nicht anderweitig beschäftigt sind, eingeladen ... ich glaube allerdings nicht, daß wir das Gremium brauchen ...«

Ende der Fahnenstange. Auch Kramm, viel zu nüchtern, um sich zu ärgern, verläßt den Konferenzraum, in dem sich dann nur noch Berg zu Bergheim, Geyer und Gottschalk aufhalten, letzterer auf einen nicht mißzuverstehenden Wink des Chefs hin. Und Berg lächelt plötzlich wie ein Spitzbube: Er ruft Charlotte und ordert erstmal eine Magnumflasche Dom Perignon, Jahrgang 76.

Es ist die Nacht, in der im rheinischen Homberg sechs stämmige Werkschutzleute des Frantz-Konzerns ihre Waffen und Henkelmänner zusammenpacken, um die Truppe im Turbinenwerk Rheinhausen zu verstärken. Im Sheraton am Rhein-Main-Flughafen wird um 3.30 Uhr der Pilot Tabritius geweckt werden, um den Flug in die Schweiz nach Samedan bei St. Moritz vorzubereiten. Im Frantz-Haus am Untermainkai sieht Direktor Wangenroth persönlich die Panzerwannen-Unterlagen durch: Er hat auf Anhieb schon dreißig oder vierzig sogenannte Aktennotizen vernichtet. Zwei Flure weiter wälzt Professor Kramm juristische Kommentare. Und sieben Etagen tiefer inspiziert Direktor Schultheß mit den EDV-Leuten gewissenhaft das Herz des Konzerns, die riesige Computer-Anlage, obgleich er hundertprozentig davon überzeugt ist, keine Maulwürfe aufzuscheuchen ...

Robert Gerber indessen, der nicht ahnt, was er hier ausgelöst hat, ist zu müde, um schlafen zu können. Gleich vom Untermainkai aus ist er nach Niederursel gefahren und hat Willi Einns zum Ärger seiner Ehefrau noch in eine Kneipe verschleppt. »Ich muß einfach ein paar Takte mehr wissen«, hat er gesagt, »es ist ja nicht damit getan, daß ich schreibe, daß Sie am Tatort Ihren graugrünen Trenchcoat getragen haben ...«

»Na schön!« Einns ist darauf eingegangen. »Namen kann

ich Ihnen natürlich nicht nennen ... im Grunde haben die Brüder eine uralte Masche praktiziert. Insofern reicht's sicher, wenn ich's Ihnen schematisch erkläre ... »

Und es reichte tatsächlich, denkt Gerber. Er sitzt, zu Hause in Bockenheim, unter der Lampe und hat die Beine – wenigstens sie sind eingeschlafen – auf den Tisch gelegt: Schematisch und nach der alten Masche sieht's so aus, daß der Frantz-Konzern Maschinen, die er entwickelt und zu einem Herstellungspreis von 100 000 Mark produziert hat, für 30 000 Mark an eine angebliche Tochterfirma in Liechtenstein oder sonstwo verkauft hat. Von dort aus sind sie für 300 000, je nach Marktlage auch mal »nur« für 200 000 Mark, weiterverkauft worden. Und dann kommt's: Der tatsächliche Gewinn von rund 100 000 bis an die 200 000 Mark pro Stück ist von Liechtenstein oder sonstwo zu 30 000 Mark nach Frankfurt, zu 70 000 oder 170 000 Mark in die Schweiz abgeführt worden ... versteuert also haben die Konzernleute »natürlich« nur jeweils 30 000 Mark, wobei sie zusätzlich noch Exportförderungen und ähnliche hübsche Bonbons in Anspruch nehmen konnten ...

»Natürlich fallen bei dieser Tour jede Menge fingierter Rechnungen an«, hat Einns gesagt, »und genau an die wollen wir jetzt rankommen!«

Gerbers wichtigste Frage: »Wie weit ist Berg zu Bergheim selber in die Sache verwickelt?«

Darauf hat Einns dann klipp und klar erklärt: »Wahrscheinlich ist er derjenige, der die Gaunerei angezettelt und den Riesengewinn aufs Schweizer Konto gekriegt hat! Zwanzig oder achtzig Mios, sagte ich Ihnen ja, je nachdem, ob er auf die Masche zweihundert oder achthundert Maschinen verscheuert hat! Die paar Prozente, die er seinen Helfershelfern gezahlt hat, können Sie fast schon vergessen ..»

So gesehen ist das mit seinem eigenen Steuerschadensfall doch wohl nicht so ganz zu vergleichen! sagt sich Gerber ehrlich, wenn auch schweren Herzens. Wenn er's nochmals zu tun hätte, würde er Berg zu Bergheim sicher nichts mehr verpfeifen ... nur kann er die Geschichte ja nun leider Gottes nicht mehr rückgängig machen!

Als er endlich ins Bett geht, ist er wieder ziemlich alkoholisiert. Zu sehr alkoholisiert aber nun auch wieder nicht: Er hat den Wecker auf sechs Uhr gestellt und außerdem den telefonischen Weckdienst beauftragt. Einschlafen kann er allerdings erst, als er sich allen Ernstes sagt, daß es ihm inzwischen fast schon egal ist, ob er morgens eine Million kriegt oder nicht. Wahrscheinlich kriegt er sie so und so nicht, wie er Bergheim kennengelernt hat – wahrscheinlich war die ganze Idee grober Unfug, sogar jenseits aller Moral ...

Warum also soll er sich überhaupt erst freuen? fragt er sich, schon halb im Tran. Warum sollte er dem Tag auch nur mit Spannung ins Auge blicken, wenn er doch nichts bringt?

»Bevor wir dann mal ans Eingemachte gehen«, sagt in der Chefetage am Untermainkai der dicke Friedrich Geyer, »sollten wir wenigstens noch mal kurz die Frage anschneiden, ob zu den gefährdeten Personen nicht auch Frau Charlotte Rathje zu zählen wäre ...«

»Sie werden unverschämt!« sagt Berg zu Bergheim prompt, lässig wie zu seinen besten Zeiten.

»Ich nenne lediglich in einer Krisensituation die Dinge beim Namen«, erklärt Geyer ungerührt, »es gibt in ganz Deutschland keinen halbwegs informierten Industriefritzen, der nicht weiß, daß Sie mit Ihrer Sekretärin ein mehr als hervorragendes Verhältnis haben. Ich vermag deshalb nicht einzusehen, warum es ausgerechnet potentiellen Feinden unseres Hauses verborgen geblieben sein sollte ...«

Dr. Hansjürgen Gottschalk hört sich das an, starr wie eine Statue. Nur seine Augen gehen hin und her, als säße er auf der Zuschauerbank beim Pingpong ... natürlich war er der erste, der es erfahren hatte, als Berg zu Bergheim vor drei Jahren anfing, mit Charlotte ins Bett zu gehen. Aber was

Geyer sich jetzt leistet ... es ist, entscheidet Gottschalk, ein absolut absurder Fall von falschem Pragmatismus!

Berg zu Bergheim drückt den Rufknopf. Charlotte, geschiedene Rathje, erscheint. »Nimm dir mal ein Glas Champagner!« befiehlt der Generalbevollmächtigte.

Sie gehorcht, schenkt sich selbst ein und scheint sich nicht mal zu wundern, daß er sie öffentlich duzt.

»Prost!« sagt er. Geyer und Gottschalk starren jetzt gemeinsam von ihm zu Charlotte und umgekehrt. »Alsdann, Mädchen. Du weißt ja im Prinzip, was hier verhackstückt wird. Nun meint Herr Geyer liebenswürdigerweise, daß man daran denken sollte, daß die uns vorerst pauschal übermittelten Drohungen auch dir gelten könnten. Ein umsichtiger Gedanke ...«

»Mir?« fragt sie ruhig.

»Die besondere Form unserer Zusammenarbeit, so etwa meint er, könnt's mit sich bringen!« sagt Berg zu Bergheim, mittlerweile deutlich amüsiert, »Frage also, wenn da nun Leute von uns in Sicherheit gebracht werden sollten, ob du auch mal untertauchen möchtest?«

Sie trinkt ihr Glas aus. Irgendwas, denkt Gottschalk, wird sie gleich von Pflichterfüllung reden – daß ihr Platz an der Seite ihres Herrn und Meisters ist, wenn's brennt. Statt dessen aber geht sie zur Tür und sagt lediglich: »Nein!«

Sobald sie draußen ist, fragt Berg zu Bergheim freudestrahlend: »Ist sie nicht ein Schatz?«

»Ja, ja«, sagt Geyer gleichgültig, »nettes Kind!« Er nimmt sich seine Notizen vor. »Also, ich habe nochmals alles durchgecheckt. Sie, Herr Berg, sprachen von einem angedrohten Schaden in Milliardenhöhe, wie mir Gottschalk mitteilte. Das ist natürlich Unfug, wenn wir an gewaltsame Anschläge denken, eingeschlossen die Turbine für die Saudis. Gerade Araber haben viel Verständnis dafür, daß man gegen Bomben machtlos ist ... die würden uns bei einmaliger Lieferverspätung bestimmt nicht die versprochenen Milliardenaufträge stornieren! Von daher also ... absoluter Nonsens!«

»Gut und schön«, sagt Berg, »nur, wer garantiert uns, daß der Anrufer den kleinen Unterschied zwischen Milliarden und Millionen nicht parat hätte? Oder sind Millionen heutzutage überhaupt kein Geld mehr?«

»Das«, sagt Geyer philosophisch, »ist relativ. Millionenschäden bei uns durch Bomben ... damit würden wir mit unseren sowieso viel zu teuren Versicherungen tatsächlich ziemlich leicht fertig werden, deswegen bräuchten wir uns nicht mal die Nacht um die Ohren zu schlagen. Im übrigen« – er nimmt sich den nächsten Zettel vor – »sehe ich auch in dem publizistischen Attentat, wie Wangenroth das nannte, keine Gefahr. Wieso sind wir eigentlich verpflichtet, zu wissen, daß die bei uns zuviel bestellten Panzerartikel wieder mal in Spannungsgebiete geliefert werden sollen? Wieso können wir nicht einfach davon ausgehen, daß ja vielleicht die NATO nächstens mehr auf deutsche Waffen umrüstet?«

Berg zu Bergheim schüttelt den Kopf. »Umwerfend komisch! Bloß, die Naivität nimmt uns keiner ab ...«

»Na, und?« sagt Geyer. »Wollen wir wetten, daß wir keinen Kochtopf oder Computer weniger verkaufen würden, nur, weil da ein paar Pazifisten im Bundestag den Frantz-Konzern boykottieren möchten? Glauben Sie etwa an das politische Gewissen des deutschen Volkes?«

»Darauf«, sagt Berg zu Bergheim, »berufe ich mich am allerwenigsten. Trotzdem wär's besser, wenn die Bettdecke nicht gerade bei uns gelüftet würde ...«

»... deshalb lassen Sie die Unterlagen ja auch cleanen«, meint Geyer, »bon! Thema durch?«

»Thema durch!« lächelt der Generalbevollmächtigte.

»Nächstes Thema«, fährt Geyer fort, »was Schultheß uns da vorhin vorgetragen hat, halte ich für den letzten Schwachsinn ...«

»Einverstanden!« sagt Berg zu Bergheim.

»... wir sollten uns wirklich mal leise weinend nach einem

neuen Mann umsehen ... aber gut, muß nicht heute sein! Den Alarm können wir jedenfalls abblasen ...»

»Sagen Sie mal, mein lieber Friedrich«, sagt Heinrich Berg an dieser Stelle ahnungsvoll, »sagen Sie bloß, daß Sie gleich auf unsere Exportförderung zu sprechen kommen ... ?«

»Exportförderung?« sagt Geyer entgeistert. »Das ist ja wohl die größte Chuzpe, die Sie sich je geleistet haben!«

»Also stimmt's?«

»Ja, es stimmt!« bestätigt er. Dann aber, ohne die geringste Spur von Höflichkeit: »Gottschalk soll rausgehen!«

»Er bleibt hier!« entscheidet sein Boß.

»Warum?«

»Weil ich's leid bin, einen Referenten zu haben, der immer nur die Hälfte weiß!« sagt Berg zu Bergheim unvermittelt heftig. »Außerdem wird's längst Zeit, daß er endlich mal seine Unschuld los wird!«

»Nicht bei dieser Gelegenheit!« erklärt Geyer.

»Doch!« sagt er, noch erregter. »Gerade! Mir geht's nämlich beschissen, verdammt nochmal ... ich will hier einfach einen dabei haben, der mir hilft, verstehen Sie? Verstehen Sie, daß ich auch nicht mehr der Jüngste bin? Daß ich mir jederzeit einen ausgucken kann, der aufpaßt?«

Da zuckt Geyer nur noch die Schultern. Und Gottschalk, der sich das alles mit Staunen und zuletzt mit Entsetzen angehört hat, denkt: um Gotteswillen! Der Alte ist ja tatsächlich völlig fertig!

Und dann wird er entjungfert.

»Im Prinzip«, sagt Geyer, »möchte ich erstmal auch noch die Möglichkeit ausschließen, daß einer von uns entführt wird, das habe ich im Prinzip vorhin schon mal gesagt. Aber stellen wir uns trotzdem mal vor, daß da eine Lösegeldforderung von, sagen wir mal, dreißig Millionen auf uns zukäme. Was, Herr Berg, würde dann passieren?«

»Dreißig Millionen?« fragt Berg zu Bergheim kopfschüttelnd, immerhin wieder etwas ruhiger.

»Einundzwanzig hat's schon vor Jahren gegeben«, sagt Geyer beiläufig, »und gezahlt hat Oetker sie auch ...«

»... also gut. Dreißig Millionen. Müßten wir eben zahlen, wenn's anders nicht mehr geht!«

»So. Und wovon?«

Da kapiert der Generalbevollmächtigte. »Sie meinen, weil unsere Finanzdecke ziemlich dünn ist?«

»Aus guten Gründen«, sagt Geyer zufrieden, »ist sie mehr als dünn. Und jetzt kommen wir darauf zurück, daß Millionen und Millionen eben doch zweierlei sind ... Millionensachschäden können wir verkraften. Aber Millionen Lösegeld, dafür gäb's effektiv nicht den geringsten Spielraum! Nun können sie argumentieren« – er hebt die Hand, um nicht unterbrochen zu werden – »daß in Notfällen vielleicht die öffentliche Hand einspringen müßte, hat's ja bei den Geiseln in Teheran schon gegeben, so gesehen, hat's aber im Prinzip sogar schon mal gegeben, als Heinz Kühn in Düsseldorf noch Ministerpräsident war ... der hat glatt mehrere hundert Mille Steuergelder lockergemacht und an einen Kidnapper auszahlen lassen ... «

Aber nun winkt Berg zu Bergheim ab. »Ich hätte nicht die geringste Lust, meine Bedürftigkeit nachzuweisen ... dann könnten wir ja gleich Bilanzen veröffentlichen! Aber ist doch Scheiß, was Sie da reden ... in jedem Fall könnte einer von uns sofort nach Zürich fliegen. Dreißig Millionen ... relative Millionen, zugegeben ... also, die hätten wir ja nun wirklich innerhalb von drei Stunden!«

»So«, sagt Geyer, »meinen Sie? Meinen Sie, niemand würde fragen, wenn's vorbei ist, wer da in Zürich so unheimlich generös gewesen ist, uns die lächerlichen paar Piepen zu pumpen oder zu schenken?«

Gottschalk fragt äußerst vorsichtig: »Heißt das, daß wir in der Schweiz Reserven haben, über die wir nicht so ohne weiteres verfügen können?«

»Schwarzgeld heißt das«, sagt Berg zu Bergheim, »schlicht und einfach Schwarzgeld! Nicht wahr, Friedrich?«

»Ich ziehe die Formulierung von Herrn Gottschalk vor!« sagt Geyer pikiert. »Es gibt kein Gesetz außerhalb der Kartellgesetze, das es mir verbietet, meine Waren billig ins Ausland zu verkaufen! Alles andere ist eine Auslegungsfrage ... wobei ich mir klar darüber bin, daß es durchaus auch andere Auslegungen gibt als meine ... »

»Die Steuerfahndung?« fragt Gottschalk weiter.

»Endlich!« sagt Geyer. »Endlich hat's einer begriffen, wovor ich Manschetten habe!«

Berg zu Bergheim nickt. »Ihr Beispiel ist mir klar. Aber solange der konkrete Fall nicht eintritt, hat niemand Veranlassung, uns dumme Fragen zu stellen. Und da sogar Sie der Ansicht sind, daß der konkrete Fall nicht eintritt ... «

Aber ich habe Ihnen doch nur beibringen wollen, daß er schon eingetreten ist!« sagt Geyer wehklagend. »Die Terroristen, vor denen Sie gewarnt worden sind, kommen von Anfang an von der Steuerfahndung, wahrscheinlich sogar gleich mit dem Staatsanwalt! Da ist uns irgendjemand hinter die Liechtenstein-Transaktionen gekommen, und nun wollen sie schlicht und ergreifend wissen, was Sache ist! Und deshalb muß hier noch heute Nacht der komplette Liechtenstein-Komplex aus dem Haus, und wenn wir die Klamotten persönlich aufladen müssen, Herrgott nochmal, alles andere wäre doch Selbstmord!«

»Wahrscheinlich haben Sie recht ...«, sagt Berg zu Bergheim ungewöhnlich ernst.

»Wahrscheinlich?« erwidert Geyer höhnisch. »Das ist so sicher wie das Amen in der Kirche! Ich häng sofort meinen Job an den Nagel, wenn ich mich da ... «

Mitten im Satz hört er auf. Denn mit einem Male sind sie zu viert: Michael Prager, Leiter der Öffentlichkeitsarbeit, ist unvermittelt erschienen.

»Was wollen Sie denn?« fragt Berg zu Bergheim.

»Ich habe hier Ihre Unterlagen ... «

»... was denn für Unterlagen?«

»Ja, über den Journalisten Gerber«, sagt er, »Robert Gerber ... Sie haben mir wörtlich gesagt, ich soll rauskriegen, was das für ein Vogel ist ...«

»Und?«

Prager kommt näher und legt ihm einen dünnen Hefter hin. »So gesehen ein ganz ehrenwerter Mann. Erst seit kurzem in Frankfurt, deshalb hat's länger gedauert, die Informationen zu kriegen ... außerdem habe ich erstmal die völlig falschen Leute gefragt. Merkwürdigerweise schreibt Gerber nämlich hauptsächlich über Kriminalfälle und Human Interest und so gut wie nie über wirtschaftliche Probleme ...«

»Ach nee!« sagt der Generalbevollmächtigte.

»... wieso der neuerdings über Konzernprobleme schreibt, das kann sich erstmal niemand erklären ...«

Just in diesem Moment hat Gottschalk eine Idee, die, zu Bergs Entsetzen, den Nagel auf den Kopf trifft. »Ob's da nicht vielleicht Zusammenhänge gibt?« fragt er. »Erst ein Kriminalreporter, dann die Drohung am Telefon ... ?«

»Also, nun sehen Sie wirklich Gespenster!« sagt Berg zu Bergheim gefaßt. »Aber schönen Dank, Herr Prager, daß Sie sich die Mühe gemacht haben ...«

Als Prager wieder draußen ist, kommt Gottschalk, ohne Übergang, sofort wieder zum Thema. »Wär's nicht besser, die Papiere zu vernichten?«

Geyer schüttelt den Kopf. »Erstens werden sie bei uns noch benötigt, zweitens könnte die Steuerfahndung danach fragen ... daß wir nach Liechtenstein verkaufen, ist ja nicht a priori geheim, warum auch?«

»Und wenn nun gefragt wird?«

»Dann sagen wir mit schöner Selbstverständlichkeit, die ganzen Unterlagen seien wegen einer konzerninternen Revision zur Zeit in Liechtenstein selbst, wir könnten sie allerdings jederzeit herbeischaffen. Auf jeden Fall hätten wir dadurch viel mehr Zeit als heute nacht, den ganzen Kram erstmal gründlich auf Vordermann zu bringen!«

»Mein lieber Friedrich«, sagt Berg zu Bergheim, der aufmerksam zugehört hat, »eines müssen Sie mir noch erklären.

Warum sind Sie sich eigentlich so entsetzlich sicher, daß uns tatsächlich die Steuerfahndung am Arsch hat?«

Diesmal antwortet Geyer ausgesprochen schlicht: »Ich hab's mein Lebtag noch nicht erlebt, daß mich mein schlechtes Gewissen an der falschen Stelle geplagt hat!«

Zwanzig Minuten später hat Gottschalk einen Kombi aufgetrieben, und der Sicherheitsdienst wird verständigt, daß einige Herren der Konzernspitze persönlich die Unterlagen für eine Luftfrachtsendung zusammenstellen würden. Dann beginnt in Geyers Büro eine Aktion, die in einer Konzernzentrale sicher nicht alle Tage stattfindet: Geyer öffnet eine dreifach gesicherte eichene Schrankwand, hinter der vierzig bis fünfzig Aktenordner stehen, nimmt einen nach dem anderen heraus, blättert sie durch und wirft die allermeisten achtlos auf den Teppich. Gottschalk und Berg zu Bergheim heben sie auf, laden sie auf Aktenkarren und bringen sie, eine Karre nach der anderen, in den Kombi in der Tiefgarage. Dabei reden sie so wenig miteinander, daß Gottschalk mehrfach deutlich hört, wie der Generalbevollmächtigte schnauft und ächzt ...

»Lassen Sie's doch«, sagt er schließlich, » die Hälfte haben wir schon, den Rest schaff ich allein ... «

Aber Berg zu Bergheim erklärt grimmig: »Machen Sie mir nicht eines meiner schönsten Erlebnisse madig!«

Dennoch: Er ist sichtlich froh, als sie fertig sind. Geyer ist noch oben, um nachzusehen, ob er kein einziges indiskretes Papier übersehen hat. Gottschalk öffnet die linke Vordertür des Transporters, den er gleich in den Hochtaunus fahren wird, erstmal in ein kleines, abgelegenes, aber komfortables Hotel, das dem Frantz-Konzern gehört, was aber niemand weiß ... morgen, wird er sagen, werden einige leitende Herren kommen, die die Akten für eine Klausurtagung brauchen.

Im Moment allerdings bleibt Gottschalk in der Tiefgarage am Untermainkai unschlüssig stehen. »Fahren Sie noch nach

Hause?« fragt er. »Soll ich nicht über die Miquelallee fahren und Sie dort abliefern?«

»Ich glaube, ich bleibe hier«, sagt Berg zu Bergheim, »die Zeit ist ziemlich knapp, morgen früh habe ich den Terminkalender randvoll . . .«

»Aber so ganz allein?« gibt Gottschalk zu bedenken.

Da grinst er. Er macht zum letzten Mal sein berühmtes Lausejungengesicht: Gottschalk wird's nie vergessen. »Erstens ist der Sicherheitsdienst ganz potent, wenn wir ihn nicht gerade selber lahmlegen. Zweitens . . .«

Er grinst stärker. Gottschalk wartet.

» . . . ich will noch feiern, wenn Sie's bitte für sich behalten. Charlotte bleibt auch hier. Ich hab heute nacht effektiv eine Million gespart . . . «

»Wie denn?« fragt Gottschalk überrascht.

»Das«, sagt er, »erzähle ich Ihnen später mal. Wenn wir uns noch besser kennen . . . «

» . . . würde mich freuen!« Gottschalk steigt ein.

»Tschüs!« sagt der Generalbevollmächtigte herzlich, und Gottschalk winkt, als er den Kombi in den Morgen steuert, der sehr schön zu werden verspricht.

Daß Heinrich Berg zu Bergheims Gesicht sich plötzlich unter einem rasenden Schmerz verzerrt, daß er sich ins Genick faßt, wo irgendwas explodiert ist — das kriegt Dr. Gottschalk nicht mehr mit. Das sieht nur Geyer, als er die Garage betritt:

»Mein Kopf platzt«, stöhnt Berg zu Bergheim, »helfen Sie mir, tun Sie was . . .«

Aber dann stürzt er, bevor der entsetzte Geyer ihn auffangen kann, wie ein Baum auf den Beton.

Robert Gerber wird um fünf vor halb acht in der Eingangshalle des Frantz-Hauses gleich durchgelassen — das, immerhin, hat Berg zu Bergheim noch selbst angeordnet, und niemand hat's rückgängig gemacht. Der Mann vom Sicherheitsdienst bringt den Besucher zum Expreßlift, und das einzige, was Gerber auffällt, ist die düstere und verschlossene Miene des Mannes.

Gerber geht in Berg zu Bergheims erstes Vorzimmer, dessen Tür offen steht; es ist leer. Offen ist von dort aus auch die Tür zu Charlotte: Der Raum ist ebenfalls leer, aber aus dem Allerheiligsten nebenan hört man gedämpfte Stimmen. Gerber ist unschlüssig, geht schließlich ein paar Schritte näher und ruft halblaut: »Hallo?«

Als Charlotte erscheint, weiß er auf den ersten Blick, was los ist. »Bitte, gehen Sie ...« sagt sie. Unter dem Make-up ist sie kalkweiß.

»Was ... was ist denn los?« fragt er trotzdem, wobei ihm das Herz bis in den Hals schlägt:

»Es geht Sie am wenigsten an!« sagt sie und setzt sich an ihren Schreibtisch.

Aus Berg zu Bergheims Gemächern indessen kommt ein jüngerer Typ in einer teuren Lederjacke. »Prager«, stellt er sich vor, »sind Sie Herr Gerber?«

»Gerber, ja ... «

»Dann muß ich Ihnen die traurige Mitteilung machen, daß Herr Berg zu Bergheim vor einer Stunde verstorben ist«, sagt er, »wir werden heute vormittag noch eine Pressemitteilung herausgeben, insofern ...«

»Aber ... ich war für heute früh mit ihm verabredet ...« hört Gerber sich sagen.

Und Prager nickt. »Sie hatten ihn interviewt, ich weiß, Können wir ... können wir die Veröffentlichung ein paar Tage zurückstellen oder bestehen Sie ...«

»... nein, nein«, sagt er hastig, »sicher nicht. Aber wie ... was ist denn nun tatsächlich passiert?«

Prager zögert. Aber sei's aus Dankbarkeit für den verständnisvollen Reporter, sei's, weil er's am liebsten hinausschreien möchte – er steht Rede und Antwort. »Herr Berg hat um etwa vier Uhr dreißig eine sogenannte intrakarnielle Subarachnoidalblutung erlitten«, sagt er, ohne anzustoßen, »er bekam plötzlich schlagartig starke Kopfschmerzen und verlor wenig später das Bewußtsein. Man hat ihn sehr schnell in die Neurologie bringen können, aber es war zu spät ...«

»Um vier Uhr dreißig?«

»Am Ende einer sehr langen und anstrengenden Konferenz über Konzernfragen«, bestätigt Prager, »es ist ein Charakteristikum dieser ... dieser Erkrankung, sagte mir der Professor, daß die Blutung aus ... aus vollem Wohlbefinden heraus erfolgt, ohne Ankündigung durch nennenswerte Beschwerden, allerdings meist unmittelbar nach großen Anstrengungen ... «

Gerber macht sich Notizen. »Subarach ...«

»... subarachnoidales Aneurysma«, sagt Prager, »mehr werden wir Ihren Kollegen übrigens sicher auch nicht sagen können. Wenn Sie nun doch bitte ...«

»Ja, natürlich!« Er steckt den Block ein. »Ich darf Ihnen allerdings mein tiefempfundenes Beileid ...«

»Ich danke Ihnen!« sagt Prager mit Würde.

»... auch Ihnen Charlotte ...«

»Sie?« fragt sie nur. »Ausgerechnet Sie?«

Da geht er davon wie ein geprügelter Hund.

Ich habe ihn umgebracht! sagt er sich im Fahrstuhl. Und gleich darauf: Aber wenn er mir nun einfach die Million gegeben hätte, könnte er doch noch leben!

Und im Grunde hat doch dieser verdammte Willi Einns diese Horrorgeschichte angezettelt! Zumindest ist er ja wohl mitschuldig, und ich muß jetzt nicht sofort auf den Henninger-Turm klettern und mich anstandshalber in den Tod stürzen ...

Der Fahrstuhl stoppt lautlos. Gerber marschiert durch die riesige Halle auf die Drehtür zu. In dem Moment aber sieht er, daß draußen ein Mannschaftswagen der Polizei stoppt ... und daß, mit zwei anderen Typen in Zivil, Staatsanwalt Einns persönlich aus einem blauen Mercedes steigt.

»Was soll das denn?« sagt neben ihm ein Sicherheitsmann, an diesem Tage noch mißtrauischer als sonst.

»Mittwoch«, sagt Gerber, mehr zu sich selbst, »zweiundzwanzig Stunden zu früh, woher wissen sie denn schon, daß er gestorben ist . . . ?«

Er rennt zum Portier, der am Empfang sitzt. »Geben Sie mir sofort Berg zu Bergheims Chefsekretärin«, sagt er hastig, »Charlotte, Charlotte . . .«

». . . Frau Rathje?« fragt der Portier verdattert, drückt allerdings schon die Tasten und gibt ihm den Hörer.

»Rathje?« meldet sich Charlotte.

»Ich bin's, Gerber . . . ich weiß ja, daß Ihr Chef die Konferenz heute nacht meinetwegen gemacht hat . . . ich wollte ihn warnen, jetzt ist es soweit . . . hallo, hören Sie?«

»Ja«, sagt sie, »ich höre. Sie haben ihn erpreßt!«

». . . reden Sie doch keinen Quatsch, ich habe . . .«

»Sicher«, sagt sie, »auf dem Gewissen haben Sie ihn!«

»Nein«, schreit er, »ich doch nicht!« Und dann, leiser: »Es ging um die Steuerfahndung, Charlotte . . . sie kommen ins Haus, gerade jetzt . . .«

»Ja. Und?«

»Sie müssen . . . Sie müssen sofort . . .«

»Ach, wissen Sie«, sagt sie müde, »wir müssen gar nichts . . . halten Sie sich doch endlich aus der Sache raus!«

Klick! sagt's: Charlotte Rathje hat aufgelegt. »Oh Gott«, flüstert Gerber, »Gott sei Dank . . .«

Willi Einns, sieht er dann, betritt soeben das Frantz-Haus, und er gibt den Hörer zurück und duckt sich instinktiv unter den niedrigen Empfangstisch. Der verwirrte Portier, geschockt wie alle anderen von Ereignissen des Tages, der kaum begonnen hat, schiebt ihn sogar noch weiter in Deckung, als Einns und die Zivilisten sich nähern . . .

So starrt er jetzt auf die blankgewichsten Schuhe des Frantz-Angestellten: Charlottes Reaktion, sagt er sich, läßt nur den Schluß zu, daß sie die Gefahr auch ohne ihn, also von sich aus, geortet haben — daß sie tatsächlich alles dichtgemacht haben, bevor Bergheim umkippte! Und für den Augenblick erleichtert's ihn sogar unendlich, auch, wenn's hundertmal unmoralisch ist und außerdem völlig nutzlos ... auf die Dauer aber, selbst wenn er hier rauskommt, auf die Dauer wird er seelisch noch schauerlich an dem Ding zu knacken haben!

Plötzlich stehen fast direkt neben ihm noch zwei andere Füße – zwei Füße in ausgelatschten wildledernen Mokassins, die er kennt. Jemand beugt sich unter den Tisch, ein ihm wohlbekanntes, völlig entgeistertes Gesicht erscheint, die Haare unten, der Bart oben, also umgekehrt ...

»Tach, Tach ...« sagt Robert Gerber resignierend.

»Was machen Sie denn da?« fragt Einns verstört.

Gleich darauf allerdings werden seine eher weichen Züge hart und amtlich. Und wenn Gerber nicht sofort von sich aus wieder ans Tageslicht gekommen wäre, hätte Einns ihn von seinen Bullen bestimmt gewaltsam rausholen lassen.

Friedhelm Werremeier: geb. 1930, Witten; (Gerichts-)Reporter; zählt zu den sog. neuen deutschen Krimi-Autoren der ersten Stunde, unter denen er als allererster wieder einen Serienhelden erfand und so dem Polizei-Roman in der Bundesrepublik Deutschland zu neuem Ruhm verhalf – Hauptfigur: Kommissar Trimmel, mit dem die ARD 1970 ihre Tatort-Reihe eröffnete. Markenzeichen von Werremeiers Romanen ist die Genauigkeit im Detail, mittels der er enthüllt, daß Recht nicht immer Gerechtigkeit bedeutet und Ordnung oft nur Vertuschung ist.

Klaus-Peter Wolf

Unter Menschen

Ich sehe aus wie sie. Bis vor kurzem glaubte ich selber, einer von ihnen zu sein. Aber jetzt weiß ich es besser.

Ich habe nur ihre Verhaltensweisen übernommen. Ich esse wie sie mit Messer, Löffel und Gabel. Ich frisiere meine Haare, putze meine Zähne, kleide mich wie sie. Doch es ist bedeutungslos für mich. Nur aus Gründen der Tarnung wichtig.

Alle ihre unsinnigen Gefühle – ich heuchle sie perfekt. Dieses Gejammere, wenn einer stirbt! Ich sitze neben ihnen beim Begräbnisschmaus, klage mit ihnen, ja weine sogar, nur ... ich bin nicht wirklich traurig. Ich sehe, wie sie es machen und äffe sie nach, um nicht aufzufallen. Dieses Getue um Liebe und Eifersucht. Diese Angst vor dem Alleinsein. All das spiele ich mit, ohne es zu empfinden. Vielleicht spüren sie ja auch nichts und vollziehen nur alte Rituale.

Seit Eva mich verlassen hat, weiß ich es genau. Ich gehöre nicht zu ihnen. Es tat nicht weh. Auch nicht, sie mit dem anderen zu sehen. Ich empfand nichts. Und darüber erschrak ich. Ich hätte eifersüchtig sein müssen. Aber es langweilte mich nur, wie diese öden Filme, bei denen sich die Menschen abends amüsieren. Da verstand ich: Ich gehöre nicht dazu. Ich bin keiner von ihnen! Aber wo gehöre ich hin? Wo sind meine Leute? Warum haben sie mich ausgesetzt auf diesem Planeten? Haben sie mich hier vergessen, als ich ein Kind war? Ich muß es herausbekommen ... Bestimmt laufen von meiner Sorte noch mehr herum. Gut getarnt. Unerkannt. Vielleicht sind wir Androiden? Haben mich diese Menschen gebaut und testen nun, ob ich auffalle ... unter ihnen auffalle? Vielleicht gibt es unter meiner

Haut gar keine Organe. Keine Knochen und kein Fleisch. So wie es in mir keine echten Gefühle gibt.

Ich bin eine Fälschung.

Ein nachgebauter Mensch, und niemand hat es mir gesagt. Ich habe mich schon oft verletzt. Und immer hat es geblutet. Aber . . . die Wunden waren nie tief. Und verheilten schnell. Vielleicht sind meine Litzen und Platinen nur von ein oder zwei Zentimetern roter Flüssigkeit umgeben, damit ich nicht bei der kleinsten Wunde auffalle. Ich war nie ernstlich krank oder verletzt.

Nun, das läßt sich leicht feststellen. Ich könnte mir einfach einen Finger abschneiden – oder besser: ich öffne die Hülle über meinem Handgelenk. Dort müßten die Leiterplatten sitzen und die Litzen für die Finger. Ja, ich werde mir über dem Handgelenk einen Einblick verschaffen. Ich lege genau hier alles frei.

II

Nein, ich bin kein Androide. Ich stieß auf keine Module, sondern auf Knochen, Knorpel und seltsam elastische Bänder. Es sieht in mir aus, wie in einer aufgeschnittenen Ratte. Ich habe nie einem Menschen unter die Haut geguckt. Aber ich glaube, sie sehen ähnlich aus.

Jedenfalls bin ich keine Maschine. Es sei denn, die miteinander verflochtenen Einzeldrähte befinden sich in den Knochen . . . Natürlich – warum bin ich nicht gleich darauf gekommen? Sie haben ihre Litzen durch meine Knochen gezogen. Raffiniert! Etwas hat mich daran gehindert, die freigelegten Knochen aufzubrechen. Vielleicht haben sie mir eine Sicherung dagegen eingebaut. Sie haben mich so programmiert, daß ich es nicht schaffe, die Leiter zu durchtrennen, mit denen sie mich . . .

Aber sie müssen mich beobachten. Ganz sicher. Soviel

Aufwand für nichts? Ich bin Gegenstand eines Experiments. Jede Bewegung von mir registrieren sie.

Ob Eva eine von ihnen war? Bestimmt.

Ihre quälenden Fragen: »Wo warst du gestern Nacht, wo hast du dich wieder herumgetrieben? Sag mir die Wahrheit! Wo?«

Sie war verzweifelt, wenn sie meinen genauen Aufenthaltsort nicht wußte. Klar. Sie mußte Rechenschaft ablegen. Ihre Leute haben sie schließlich zurückbeordert, weil sie nicht zuverlässig war. Von wegen, sie hat sich in einen anderen verliebt und hält es bei mir nicht mehr aus!

Sie hat versagt. Das ist es.

Jetzt wirst du ein paar Probleme haben – Liebling! Was machen deine Leute mit einem Versager? Bekommst du eine andere, weniger wichtige Aufgabe, oder knipsen sie dich aus wie die Weihnachtsbeleuchtung nach den Feiertagen?

Als ich wegen eurer stümperhaften Fehlschaltung die Schmerzen im Kopf nicht mehr aushalten konnte und deiner Meinung nach zu viele Tabletten nahm . . . Jetzt verstehe ich, warum du so hysterisch geworden bist! Du hattest Angst, daß deine Leute dich fertig machen, wenn ihre kostbare Maschine kaputt geht. Denn du hattest die Verantwortung für mich. Du ganz allein. Ich könnte mich schieflachen!

Was mußt du für Ängste ausgestanden haben, als ich die Tabletten nahm. Und wie nett du später zu mir gewesen bist. Hast mich von vorne und hinten bedient. Ich habe es eine Weile sogar genossen. Aber es war furchtbar, von dir kontrolliert zu werden. Jetzt verstehe ich den Grund.

Warum hast du mir nicht einfach gesagt, daß sie dich zwingen? Bist du vielleicht auch von ihnen gemacht worden . . . und wer überwacht mich jetzt . . .

III

Das habt ihr euch fein ausgedacht. Ihr seid gerissener als ich dachte. Das Netz um mich ist dicht gelegt. Aber eure Schöpfung ist klug! Ja, ihr habt euch keinen Hampelmann an Drähten geschaffen, sondern eine eigenständige intelligente Einheit.

Ich bin euch auf die Schliche gekommen.

Der Chef schickt mich zum Arzt. Der Arzt will wissen, wie das passiert ist.

»Wie haben Sie das gemacht, Herr Kowalski? Sieht ja aus wie eine Selbstverstümmelung . . .«

Er wollte wissen, wie weit ich gekommen bin! Ob ich die Chips gefunden habe! Ob eure Sicherung in meinem Kopf durchgebrannt ist . . . ob ich den Knochen geknackt habe. Nein, habe ich nicht. Aber ich weiß auch so Bescheid.

Ich bin doch nicht blöd. Überweisung zum Nervenarzt.

Ha! Wegen einer zerschnittenen Hand – für wie dumm haltet ihr mich eigentlich? Der soll mich umpolen. Eine neue Sicherung einbauen. Meine Erinnerung auslöschen. Mich ruhig stellen. Ich kenne eure Tricks.

Ich werde nicht zu diesem Nervenarzt gehen. So nennt ihr eure Gehirncomputer-Spezialisten – stimmt's? Nicht bevor ich nicht weiß, was ihr mit mir vorhabt. Und die Tabletten esse ich erst recht nicht.

Ich weiß jetzt, wie ihr mich überwacht. Jetzt bin ich endlich draufgekommen. Seit Eva weg ist, zapft ihr meine Elektrogeräte an. Das Fernsehen benutzt ihr als Auge – das hatte ich längst bemerkt. Aber auch der Toaster, den Heißwasserboiler. Die Glühbirnen in jedem Zimmer. Das Telefon. Die Boxen der Stereo-Anlage. Riesige Lauscher!

Die ganze Wohnung ist eine gigantische Abhöranlage. Perfekt, sogar im Aquarium. Wenn Eva es mir mit weniger einschmeichelnden Worten angedreht hätte, wäre es mir vielleicht gar nicht aufgefallen. Aber sie hat es zu gut gemeint – und gerade kurz vor ihrem Auszug.

»Das beruhigt dich bestimmt. Es soll gut sein für die Nerven. Besser als das ewige Fernsehen.«

Ihr hattet bemerkt, daß ich von eurem Fernsehauge wußte. Ich habe mir vor dem Kasten keine Blöße mehr gegeben. Ich habe einfach nur reingeschaut, als ob nichts wäre.

Dann hast du das Aquarium aufgestellt. Abhörgeräte in Pumpe und Heizstab. Kameras in der Neonleuchte. Dieses Licht – wie in einem Fernsehstudio. Primitiv. Das mußte mir auffallen. Ihr unterschätzt eure eigene Schöpfung.

Ich habe eure Anlage zerstört. Hahaha. Ja. Es war ganz einfach. Ich brauchte nicht einmal einen Hammer, um eure Kameras zu zerdeppern und eure Mikros zu zerquetschen.

Die Steckdose hab ich mit Knetgummi und Quark verklebt. Die Lampen einfach abgerissen. Das war ein Spaß!

Die Wanze aus dem Telefon habe ich im Aquarium ertränkt. Zu etwas war es eben doch gut. Seit ich die Fenster zugeklebt habe, seht ihr nichts mehr. Ich bin sicher, jetzt schickt ihr jemanden, der sich einschmeicheln soll bei mir.

Eine neue Eva oder gar die alte? Eine Kreatur, die euch sklavisch ergeben ist. Eine neue Maschine . . .

Und das ist gut so. Ich habe alles für euch vorbereitet. Ich will den Mechanismus kennenlernen, nach dem ich funktioniere. Ihr habt mir eine Sicherung eingebaut, die verhindert, daß ich in meine Knochen sehe und in meinen Kopf. Aber ihr habt etwas vergessen. Ich kann das bei anderen tun. Jawohl! Ich habe keinerlei Hemmungen einen fremden Kopf aufzumeißeln oder fremde Knochen aufzuhebeln. Ihr werdet Eva schicken. Ich bin mir ziemlich sicher. Sie wird behaupten, daß sie eigentlich nur ihre Sachen holen will. Die Sommerkleider und die Stöckelschuhe.

Aber das braucht sie nicht mehr, denn es ist alles vorbereitet – für die Operation.

Klaus-Peter Wolf: geb. 54, Gelsenkirchen; lebt mit seiner Frau und zwei Kindern als freier Schriftsteller im Westerwald. Seine Bücher wurden in sechs Sprachen übersetzt. Die Auflage liegt bei weit über einer Million. Wichtigste Romane sind: *Dosenbier und Frikadellen* (rororo), *Vielleicht gibts die Biscaya gar nicht* (Bastei-Lübbe), *Tage, die wie Wunden brennen* (Fischer), *Neonfische* (Spectrum) und *Die Abschiebung* (Ravensburger Taschenbuch); auch fürs ZDF verfilmt, in den Hauptrollen Nina Hoger, Karin Baal und Franz Buchrieser.

Deutsche Erstveröffentlichung

Harald Braem

Wer zweimal stirbt ...

Emma Cuttingham war eine durchaus resolute ältere Dame von, na sagen wir, handfestem Format: kaum schreckhaft, kurz entschlossen und auf erfrischende Weise allem Neuen gegenüber aufgeschlossen. Aber was zuviel war, war wirklich zuviel. Eine Leiche in ihrem Vorgarten – das ging entschieden zu weit. Und daß es eine Leiche war, hatte sie auf Anhieb festgestellt. Schrecklich, so ein junger Mann noch! Das Messer in der Brust stand ihm gar nicht gut. Und all das viele Blut an seinem Hemd ...

Vom Anblick angewidert, war sie zurück ins Haus geflüchtet und hatte erstmal vorsichtshalber die Tür hinter sich verriegelt. Sie hastete ins Wohnzimmer, wo neben dem Sofa auf einem Hocker das Telefon stand und wählte das nächste Polizeirevier an. Sie kannte die Nummer sehr gut, schließlich focht sie mit den Herren dort seit einiger Zeit eine Meinungsverschiedenheit aus, was die mangelnde Straßenbeleuchtung in diesem Viertel anbelangte und speziell in ihrer Straße, die zudem eine unübersichtlich dunkle, von Bäumen und dichtem Gebüsch umwucherte Sackgasse war. Zumindest in den Sommermonaten fühlte sie sich abends und nachts wie im Urwald. Und das mitten in London!

»Ach, Sie sind's«, sagte Inspektor Gordon (dieser verdammt hartnäckige Grizzlybär!) freundlich. »Wie geht es Ihnen, Miss?«

»Den Umständen entsprechend«, entgegnete Emma Cuttingham knapp. »In meinem Vorgarten liegt zwischen Fuchsienhecke und Rhododendron ein junger Mann. Etwa fünfundzwanzig, würde ich sagen, um einsachtzig, blonde, gewellte Haare, nettes Gesicht, saubere Freizeitkleidung. Leider erstochen.«

»Ach, und Sie meinen, das steht in Zusammenhang mit der Ihrer Meinung nach fehlenden Straßenlaterne?« fragte Gordon ohne die geringste Andeutung von Ironie in der Stimme.

»Lassen Sie gefälligst die albernen Witze, Inspektor«, sagte Emma Cuttingham barsch. »Schicken Sie sofort einen Wagen her und holen Sie den Kadaver vom Rasen. Ich bin Mordopfer so dicht vor der Haustür nicht gewohnt. Schließlich zahle ich Steuern und kann verlangen, daß die britische Polizei wenigstens für so was zuständig ist.«

»Wird gemacht, Miss«, antwortete Inspektor Gordon und fluchte erst los, nachdem er den Hörer aufgelegt hatte.

Eine gute halbe Stunde später herrschte Ratlosigkeit vor der Silbury Grove 427 b. Die Leiche war weg. Nicht die geringste Spur zwischen Fuchsienhecke und Rhododendron, kein Abdruck im Rasen . . .

Inspektor Gordon grinste hinterhältig und sog genüßlich an seiner Pfeife, während die gute Emma Cuttingham sichtlich um Fassung rang. Bisher hatte sie stets rein sachliche, wohlüberlegte Argumente in die Lampendebatte geworfen. Aber nun, wie stand sie nun da? Der Punktsieg in dieser Runde ging glatt an die Polizei.

»Sie können ja anrufen, wenn die Leiche wieder auftaucht«, sagte Gordon zum Abschied.

Emma Cuttingham schnaubte empört und drehte sich wortlos um. Wie konnte dieser alte Grizzly es wagen? Selbst ein Punktsieg gab ihm kein Recht zu solcher Taktlosigkeit!

Drei Tage später, an einem schwülen, nebelverhangenen Nachmittag, war die alte Dame erneut am Telefon.

»Na, ist Ihr netter, blondgelockter junger Mann wieder da?« fragte Inspektor Gordon.

»Unterlassen Sie die Spitzen«, sagte Emma Cuttingham, deren Stimme nach mühsam unterdrückter Aufregung klang. »Wenn Sie's genau wissen wollen: ja. Ich weiß auch nicht wieso, aber er sah recht lebendig aus. Jedenfalls bis vor kurzem noch.«

»Hat er inzwischen wieder ein Messer im Bauch?«

»Ich schlage vor, Sie verzichten so lange auf Ihre unpassenden Zwischenbemerkungen, bis ich mit meiner Meldung fertig bin«, sagte Emma Cuttingham scharf. »Also, so gegen vier hörte ich ein Geräusch auf der Straße und ging ans vordere Fenster, um nachzusehen. Zwei Männer stritten sich dort. Ziemlich heftig, wie mir schien. Der eine von den beiden – ich weiß, es klingt reichlich unwahrscheinlich, aber es stimmt – war der junge Mann von neulich auf meinem Rasen. Sie wissen schon: der mit dem Messer im Körper ... Also die Auseinandersetzung wurde immer brutaler. Schließlich schlug der andere, ein scheußlicher Kerl mit Stoppelkinn und harter Visage, mit der Faust auf ihn ein. Der junge Mann ging zu Boden. Dann bückte sich der Killer und schleppte den reglosen Körper wie einen Sack hinter sich her in meinen Garten.«

»Zwischen Fuchsienhecke und Rhododendron? Ihr Vorgarten scheint ein beliebter Ort für Morde zu sein . . .«

»Machen Sie sich gefälligst nicht lustig, Inspektor! Es kommt noch viel schlimmer: Dort hat er ihn dann auf bestialische Weise mit beiden Händen erwürgt.«

»Wer? Das Stoppelkinn den Blondgelockten? Ist die Leiche noch da?«

»Natürlich, es sind keine fünf Minuten her, seit das schreckliche Verbrechen geschah. Ich bin sofort, was meine Pflicht ist, ans Telefon geeilt. Tun Sie nun die ihre!«

»Selbstverständlich, Miss«, seufzte Gordon dienstbeflissen. »Wir kommen in kürze. Wünschen Sie, daß ich den Fall übernehme?«

»Und ob ich das wünsche!« schrie Emma Cuttingham durchs Telefon zurück. Nachdem sie den Hörer aufgelegt hatte, schenkte sie sich erstmal ein Likörchen ein und blieb damit, das Wagengeräusch abwartend, auf dem Sofa sitzen. Sie rieb sich voll Vorfreude die Hände. Diesmal, da war sie gewiß, würde er Augen machen. Dieser gräßliche, dummdreiste Grizzly!

Sie wartete lange und geduldig. Nach endlosen Zeiten fuhr draußen ein Wagen vor, und kurz darauf schrillte die Glocke an ihrer Haustür. Sie eilte zum Öffnen und zuckte zusammen, als sie Inspektor Gordon mit zwei Beamten erkannte. Sie brauchte nur in ihre Gesichter zu sehen, um zu begreifen, daß die Leiche schon wieder verschwunden war. »Nein«, stieß sie empört aus, »es ist nicht das, was Sie denken. Bestimmt nicht! Ich würde ja selber an meinem Verstand zweifeln, wenn ich es nicht mit eigenen Augen gesehen hätte. Los, sehen Sie gründlich nach, vielleicht liegt er irgendwo anders, im Gewächshaus oder im Komposthaufen, was weiß denn ich, wozu Menschen fähig sind. Bin ich Kriminalist oder Sie?«

Die Beamten suchten lustlos das Grundstück ab, durchstöberten die Abfalltonne und stocherten mit kleinen Stöckchen im Regenfaß herum. Inspektor Gordon stand unterdessen feixend an den Gartenzaun gelehnt und sandte Rauchzeichen aus seiner Pfeife. Emma Cuttingham, die höchstpersönlich und völlig kaltblütig alle Winkel ihres Anwesens inspizierte, schwankte nach kurzer Zeit zwischen Wut, Verlegenheit und tiefer Resignation. Sie sackte sichtlich in sich zusammen. Zwei Punktsiege nacheinander an ihre Gegner, das war einfach zuviel, das brachte selbst so starke Naturen wie sie aus der Fassung.

»Wünschen Sie ein Protokoll über die Sache, Miss, oder lieber einen ganz privaten, sozusagen freundschaftlichen Rat?« fragte Gordon teilnahmsvoll.

»Weder das eine noch das andere!« schrie Emma Cuttingham außer sich vor Empörung. Dazu war sie bestimmt nicht sechzig geworden, um sich die Unverschämtheiten solcher Lümmel anzuhören! Sie ließ die Beamten stehen und strebte zornbebend ins Haus. Erst drei, vier weitere Likörchen brachten sie allmählich zur Ruhe. Nein, auf die Polizei war heutzutage einfach kein Verlaß mehr, sagte sie sich. Sie hätte es sich gleich denken können, es stand ja schließlich in jedem Krimi. Nach diesem ereignisreichen Tag löschte sie erst spät das Licht und begab sich zu Bett.

Am nächsten Nachmittag – es war draußen noch nebliger und trüber als sonst – hörte sie wieder Geräusche. Diesmal von links, wo zwischen Thujen und Blautannen nach einer Kurve, als letztes Haus der Straße, McCalvins Bungalow lag. Zunächst wollte sie gar nicht ans Fenster, die ungewöhnlichen Laute einfach ignorieren. Doch dann gewann ihre Neugier die Oberhand. Immerhin waren die McCalvins für vier Wochen verreist, der Bungalow stand verwaist, und mit einer Rückkehr seiner Bewohner war auch nicht zu rechnen. Also lüpfte sie die Gardine ein wenig und machte es sich auf der seitlichen Armlehne des Sofas bequem. Von hier, vom Wohnzimmerfenster aus, war der Bungalow halbwegs deutlich zwischen all dem Grünzeug zu sehen.

Zunächst nahm Emma Cuttingham in der Einfahrt einen taubengrauen Lieferwagen ohne Beschriftung wahr. Seltsam genug, das Tor war doch zu . . . Noch eigenartiger aber war das Gebaren der drei Männer, die sich am Fenster neben der Haustür zu schaffen machten. Einer von ihnen hielt eine Stablampe, ein zweiter setzte eine Brechstange an den heruntergelassenen Jalousien an, während der dritte abwartend dabei stand. Es ging erstaunlich schnell: Mit einem häßlichen Laut gab der Schließmechanismus nach, und kurz darauf – dazu brauchte bloß eine Scheibe eingedrückt werden – stand das Fenster offen. Die drei Männer verschwanden im Innern des Hauses. Nach einer Weile ging sogar von innen die Haustür auf, und die Männer begannen, Gegenstände zum Lieferwagen zu schleppen.

Emma Cuttingham kicherte überdreht. Einbruch war wirklich mal eine Abwechslung nach all den schrecklichen Morden. Hastig, damit sie nicht allzuviel vom Schauspiel versäumte, holte sie Likörflasche und Glas, stellte beides in Reichweite und genehmigte sich einen. Die Polizei anrufen?

Diesen Gedanken schob sie entschieden beiseite. Wäre ohnehin sinnlose Zeitverschwendung. Nach all dem, was geschehen war, würde weder Inspektor Gordon noch sonst irgendwer kommen . . .

Emma Cuttingham zog die Gardine noch ein Stückchen weiter auf und nippte in seliger Erregung an ihrem Glas. Was die Kerle da alles rausholten! Die halbe Einrichtung, vor allem Antiquitäten, die McCalvins hatten stets Wert auf so was gelegt und im Laufe der Zeit allerlei Plunder angesammelt. Und jetzt die kostbare Jugendstillampe. Ein anderer schleppte die Buddhastatue aus McCalvins Arbeitszimmer zum Wagen. Emma Cuttingham war entzückt, daß es ausgerechnet ihr zweimal ermordeter und nun zu jugendlichem Charme wiederauferstandener blondgelockter Jüngling war, der die schwersten Gegenstände trug. Wie muskulös er war, wie adrett seine Kleidung! Und jetzt, war es nicht so, als zwinkere er vertraulich in Richtung von Emmas Beobachtungsposten? Das war schon zwei, kurz hintereinander gekippte Sonderlikörchen wert.

Als er zurückkam, winkte sie ihm ganz leicht und verhalten zu, als er zufällig herblickte. Und er, welch apollinisches Wunder, er lächelte zurück! Das traf ins Herz und wärmte noch besser als der viele Likör. Was war doch dieser Inspektor für ein langweiliger, pedantischer Muffkopf dagegen!

Die Flasche war leer, und Emma Cuttingham holte schnell eine neue aus der Hausbar. Sie war in wunderbarer Stimmung. Fast hätte sie die drei auf ein Gläschen zum Aufwärmen zu sich gerufen. Nur die Tatsache, daß auch der Stoppelbärtige mit der harten Visage dabei war, hielt sie zurück. Außerdem schienen die Jungs inzwischen mit der Arbeit fertig zu sein: Sie zogen die Haustür zu, ließen sogar die Jalousie wieder runter und stiegen ins Auto. Kurz bevor sie abfuhren, warf ihr der blonde Apoll ein Kußhändchen zu. Emma Cuttingham, um mindestens vierzig Jahre verjüngt, nahm sich vor, diese Geste nie mehr in ihrem Leben zu vergessen. Lange noch seufzte sie dem Einbruch nach.

Harald Braem: geb. 1944, Berlin; Dipl.-Designer, Professor für Kommunikation und Design, Autor zahlreicher Veröffentlichungen in Anthologien, Zeitschriften (so z. B. die Krimi-KG »Die unsichtbare Kugel« in *die horen* Nr. 144); daneben acht Bücher (Lyrik, Prosa; zuletzt 1985: Morgana, Fantasy-Roman bei Goldmann).

Deutsche Erstveröffentlichung.

Max von der Grün

Die Absturzstelle

Der Tote lag auf der Trommel der Betonmaschine.

Um die Maschine standen fünf Bauarbeiter. Der Bauführer kam uns entgegengelaufen, als er den Wagen auf die Baustelle fahren sah. Er wies, noch bevor Brumberg und ich ausgestiegen waren, auf die Arbeiter und auf den Toten auf der Trommel. Er führte uns dann, Brumberg und mich, an die Maschine. Er sagte immer wieder: Herr Kommissar, nie im Leben ist das ein Unfall gewesen. Ich nickte den Arbeitern zu, aber die fünf Männer sahen mich unter ihren gelben Plastikhelmen nur scheu an. Sie standen da, als warteten sie auf eine Anweisung, aus ihren Gesichtern konnte ich keinerlei Regung lesen. Ich fragte die Männer: Hat jemand von Ihnen gesehen, wie es passiert ist? Sie sahen irgendwohin.

Ich habe Sie angerufen, sagte der Bauführer. Wissen Sie, es sieht wie ein Unfall aus. Aber ich glaube nicht, daß es einer war. Er zeigte zum sechsten Stock eines Rohbaus und sagte: Es muß ihn jemand vor die Brust gestoßen haben. Ich verstand nicht. Er winkte mir und Brumberg, wir folgten ihm. Im Weggehen herrschte er die Männer an: Steht nicht rum, geht an eure Arbeit, das hier ist jetzt Sache der Polizei. Über Funk hatte Brumberg Anweisungen gegeben, was im Zug der Ermittlungen notwendig werden würde. Auf der Mischtrommel lag der tote Polier Jörg Althammer, als ob er schliefe. Wir stiegen zum sechsten Stockwerk hoch. Der Bauführer voran, auf den Stufen lagen Schutt und Steine und verschüttetes Bitumen. Ich trat in solch einen Klecks, er klebte an meinen Schuhen. Die Fenster waren noch nicht eingesetzt, obwohl die meisten Räume innen schon verputzt waren. Ich war außer Atem, als ich oben ankam. Der Bauführer hatte ein Tempo vorgelegt, das mir und Brumberg die

Luft nahm. Im sechsten Stock verschnaufte ich erst, dann folgte ich dem Bauführer auf das Gerüst. Es war das übliche Baugerüst aus Leichtmetall, am obersten Stockwerk, also am sechsten, war außen um das Gerüst noch ein Maschendraht gezogen mit gelbem Plastiküberzug. Was soll der Draht, fragte ich, ist das üblich?

Nein, aber als vor vier Jahren ein Betonierer abgestürzt ist, da hat der Chef angeordnet, daß immer an dem Stockwerk, an dem gearbeitet wird, zusätzlich dieser Draht gezogen werden muß, als doppelte Sicherheit sozusagen. Ist ein bißchen umständlich beim Anbringen, aber der Maschendraht macht das Arbeiten tatsächlich sicherer. Im Maschendraht war ein Loch. Ich ging näher und sah es mir an. Der Draht ist mit einer Drahtschere durchgeschnitten. Absichtlich, deshalb habe ich Sie angerufen, sagte Leupold. Ich glaube nicht an einen Unfall. Hier, es fehlt nämlich auch eine Strebe, die wurde abgeschraubt, auch absichtlich, damit hinter dem Draht keine Sicherung mehr ist.

Der einen Meter fünfzig hohe Maschendraht war an einer Stelle durchgeschnitten, kein Zweifel. Durch den Sturz des Poliers war ein Drahtende nach außen gebogen worden. Ich sah hinunter. Der Tote wurde abtransportiert. Ich zog das nach außen gebogene Drahtende heran. An drei Stellen war der Draht mit einem gelben Bindfaden zusammengehalten worden, einem unaufmerksamen Beobachter mußte das verborgen geblieben sein.

Also, ich kam gerade aus der Bürobaracke und da hörte ich einen fürchterlichen Schrei, dann hörte ich etwas klatschen und dann sah ich den Mann, ich meine Althammer, auf der Trommel liegen. Da habe ich nach oben gesehen, das tut man wahrscheinlich instinktiv, da habe ich das Drahtende baumeln sehen. Ich stand dann wie angewachsen. Dann kam einer auf das Gerüst gelaufen, ich glaube, der Bröger war es. Der fuchtelte da oben rum. Der hat auch was gerufen, aber ich habe nichts verstanden. Dann ging ich zur Mischmaschine, da sah ich erst, daß es Althammer war.

Ein Stück von dem gelben Bindfaden hing noch am Draht, ich nahm es mit, und wir stiegen langsam die Treppe hinunter. Es war mir klargeworden, daß es sich hier wirklich nicht um einen der üblichen Arbeitsunfälle handeln konnte, dahinter steckte mehr, aber das Wort Mord versuchte ich zu verdrängen. War was passiert? Ein Polier war vom Gerüst gestürzt, vom sechsten Stock eines Gebäudes, das noch nicht einmal im Rohbau fertig war. Der Bauführer ruft die Polizei. Warum ausgerechnet die Polizei? Es passieren Hunderttausende von Arbeitsunfällen im Jahr. Zehntausende sind tödlich, und die Polizei wird nicht gerufen. Der Bauführer ruft die Polizei wegen des durchschnittenen Maschendrahts.

Wissen Sie, fragte ich Leupold, als wir wieder auf dem Bauhof waren, ob der Draht gestern noch in Ordnung war?

Nein, das weiß ich nicht. Es werden kaum Kontrollen am Draht gemacht. Wird ein neues Stockwerk hochgezogen, dann wird der Draht automatisch hochgezogen, und dann hat sich die Sache. Ist er kaputt, wird einfach eine neue Rolle eingesetzt.

Er könnte also schon seit Tagen durchgeschnitten gewesen sein, fragte ich und betrat hinter Leupold das Baubüro. Er bot mir Platz an. Ja, er könnte schon seit Tagen durchgeschnitten sein, zumindest seit fünf Tagen, da wurde der Draht nämlich vom fünften zum sechsten Stockwerk hochgezogen. Aber das halte ich für unwahrscheinlich.

Warum? fragte ich. Mein Warum irritierte ihn. Ich weiß nicht, sagte er, ich meine, so was hat man doch im Gefühl, na ja, wie soll ich sagen, so was weiß man halt. Erfahrung, verstehen Sie. Wenn man so lange auf dem Bau arbeitet, dann spürt man das im Urin, wenn was nicht in Ordnung ist, verstehen Sie ... ich meine ...

Ja ja, antwortete ich. Ist der Tote verheiratet gewesen? Was wissen Sie über Althammer?

Er war erst seit einem halben Jahr verheiratet, ich kenne seine Frau nicht, nur vom Sehen. Übrigens, der Chef, Dr.

Burger, ist selbst unterwegs, um die Frau zu benachrichtigen.

Und Sie meinen, es muß ihn jemand vom Gerüst gestoßen haben, er kann nicht von allein abgestürzt sein, das wäre doch immerhin möglich.

Leupold hatte seinen Helm abgenommen. Er sah jetzt jünger aus, vielleicht Mitte dreißig. Er hatte sich an seinem Spind zu schaffen gemacht und drehte sich jetzt um.

War Althammer schon lange hier beschäftigt? fragte ich.

In der Firma, meinen Sie? Natürlich, der hat in der Firma Burger als Lehrling angefangen, vor sechzehn Jahren, da war ich noch nicht in der Firma ... aber ... ich habe nicht gesagt, daß ihn jemand vom Gerüst gestoßen hat, es kann natürlich ein Unglücksfall gewesen sein. Nur, der durchgeschnittene Draht, wissen Sie, da kann man halt schwer an einen Unfall glauben.

Ja, sagte ich, es kann tatsächlich ein Unfall gewesen sein. Aber jemand mußte ein Interesse daran gehabt haben, daß jemand an dieser Stelle abstürzt. Der durchschnittene Draht, das ist Absicht.

Der Bauführer nickte.

Aber, fuhr ich fort, ob es dem Polier gegolten hat, das wissen wir nicht. Althammer kann sich ganz zufällig an die Stelle gelehnt haben, konnte sich vielleicht nicht mehr halten, als er merkte, daß der Draht nachgab. Sie sagten doch, die fehlende Strebe. Oder hat ihn doch einer gestoßen?

Leupold sah an mir vorbei zum Fenster, er spielte nervös mit einem Lineal. Natürlich, so könnte es gewesen sein. Aber ich glaube schon, daß es dem Althammer gegolten hat ...

Warum, fragte ich.

Er war, na ja. Sie werden es ja doch erfahren, er war ein Leuteschinder, ein Schikanierer, für nichts und wieder nichts. Trotzdem, deswegen bringt man doch keinen um, dem verkloppt man vielleicht mal in einer dunklen Ecke anständig die Jacke.

Ach, wenn es das wäre, sagte ich, da hat man schon wegen ganz anderer Anlässe Leute umgebracht ... geben Sie mir doch bitte die Namen von den Leuten, die während der Tat, ich meine, während des Sturzes auf dem Bau gewesen sind.

Das sind nur die fünf Männer von der Putzkolonne. Soll ich sie holen lassen?

Ich bitte darum ... kann ich Ihr Büro benutzen, oder haben Sie noch einen anderen Raum?

Sie können hier in meinem Büro bleiben. Wenn das Telefon klingelt, dann nehmen Sie einfach nicht ab.

Als Leupold gegangen war, holte ich aus seinem Spind die Drahtschere, die ich gesehen hatte, als er sich an seinem Schrank zu schaffen machte, ich winkte Brumberg vom Fenster aus und gab ihm die Zange. Ich war etwa eine Viertelstunde allein. Das Telefon klingelte zweimal. Das erste Mal nahm ich nicht ab, aber als es nach etwa fünf Minuten wieder klingelte, nahm ich ab und meldete mich mit: Ja! Leupold! Ich hörte eine Frauenstimme, eine sehr junge Stimme: Wo bleibt die Fuhre! Eine Schweinerei ist das, wenn die heute abend nicht ankommt ... Hier ist nicht Leupold, sagte ich. Was? ... Wer ist da ... Dann war die Leitung tot.

Wenige Minuten später kam der Bauführer zurück. Er winkte, draußen standen die fünf Männer von der Putzkolonne.

Danke, sagte ich, ich werde nebenan ins Büro des Poliers gehen. Ich nahm mir einen Stuhl mit und bat den ersten Arbeiter herein. Ich erinnerte mich später, daß ich vergessen hatte, Leupold von dem Anruf zu erzählen. Dr. Burger war gekommen, er wollte mit mir sprechen, aber ich vertröstete ihn auf später. Bröger war der erste, den ich vernahm, er setzte sich nicht, er blieb vor mir stehen und sah auf seine Schuhspitzen. Bröger sagte anfangs auf meine Fragen immer nur das Wort schrecklich, endlich konnte ich ihn bewegen, sich zu setzen, nach und nach wurde er gesprächiger. Er erzählte mir, daß er mit den anderen im sechsten Stockwerk beim Verputzen war, sie arbeiteten im Akkord, sie werden nach Quadratmeter bezahlt, da muß man ranhauen, damit was rausspringt. Ja, da haben wir einen Schrei gehört, ich habe zu Pauli gesagt, da hat doch einer geschrien wie wenn er am Spieß steckt, und dann hat der Pauli gesagt, hat sich angehört, als ob was runtergefallen ist. Wir haben in den äußersten vorderen Räumen gearbeitet, und da hat der Pauli gesagt, ich gehe mal nachsehen, und die anderen haben gesagt, laß das, das kostet nur Zeit. Aber dann bin ich gegangen und dann habe ich am anderen Ende plötzlich den Draht gesehen, ich habe mir gedacht, was ist denn mit dem Draht ...

Und dann haben Sie Herrn Leupold unten auf dem Hof gesehen? fragte ich.

Den Leupold, ja, den habe ich gesehen, der ist in die Bürobaracke gelaufen, der war in Eile, der war ja kurz vorher bei uns hier oben und hat gesagt, daß wir zuviel Mörtel verbrauchen, wir müßten mit der Fuhre, die angekommen ist, auskommen für den Tag ... immer mit der Sparerei, kein Wunder, wenn den Leuten der Putz auf die Köpfe fällt, gleich nachdem sie eingezogen sind ... und dann habe ich den Althammer auf der Maschine liegen sehen, und dann kam der Leopold wieder aus der Baracke gelaufen, hat mit den Armen gefuchtelt und was geschrien, aber ich hab' ihn nicht verstanden, dann hat er mich gesehen und wieder was geschrien, und dann habe ich meine Kollegen geholt, und wir sind runtergegangen, und dann sind ja bald Sie mit dem Auto gekommen mit Ihrem Kollegen ...

Wann war das? fragte ich. Können Sie sich an die Zeit erinnern, als Sie auf das Gerüst kamen?

Zeit? Ja sicher, das war genau elf Uhr, gleich gegenüber ist doch die große Uhr auf dem Kirchturm, da gehen wir immer gucken, und die Uhr hat auch geschlagen, als ich auf dem Gerüst war. Genau.

Ich wußte nichts mehr zu fragen, ich schickte ihn weg. Fünf Minuten vor elf hatten wir den Anruf von Leupold bekommen, nach Leupolds eigenen Worten war er es, der angerufen hatte. Aber Bröger hat Leupold in die Baracke laufen sehen um elf Uhr, später erst herauskommen, nach elf Uhr, Leupold mußte dann also vorher schon einmal in der Baracke gewesen sein. Sein Anruf, das war unumstößlich, war genau fünf Minuten vor elf. Es gab nur ein Telefon in der Baubaracke.

Obwohl Dr. Burger ungeduldig vor der Baracke auf und ablief, bestellte ich erst Pauli in das Büro. Er bestätigte, was mir Bröger gesagt hatte, das mit dem Schrei und das mit dem Fall. Ein Leuteschinder war der Althammer, sagte Pauli, ein Schikanierer. Aber trotzdem, auf seine Beerdigung gehen wir schon, das gehört sich so. Ich schickte ihn wieder hinaus, ich hatte nichts Neues erfahren, auch die Vernehmung der anderen drei ergab nichts, was mich hätte weiterbringen können. Auch sie bestätigten, daß Althammer ein Leuteschinder war. Bei keinem der fünf Männer hatte ich so etwas wie Freude spüren können, nein, sie waren traurig über den Tod ihres Schikanierers. Ich wollte schon das Büro verlassen, da fiel mir an den Aussagen etwas auf, ich setzte mich und sah meine Notizen durch. Bröger hatte ausgesagt, er habe Leupold in die Baracke laufen sehen und wenige Minuten später war er schreiend und gestikulierend wieder aus der Baracke gekommen. Leupold war in die Baracke gelaufen, als Althammer schon tot war. Bröger hatte ausgesagt, er sei schon auf dem Gerüst gestanden, als Leupold aus der Baracke kam, während Leupold ausgesagt hatte, daß Bröger erst auf das Gerüst gelaufen kam, als er unten auf der Mischmaschine den toten Althammer entdeckt hatte. Leupold hatte gesagt, er sei aus der Baracke gestürzt, als er den Schrei gehört habe. Bröger hatte den Schrei gehört, er und Pauli hörten ein Aufklatschen, dann sei Bröger auf das Gerüst gelaufen und da habe er gesehen, wie Leupold in die Baracke lief. Bröger ist dann das Gerüst abgelaufen und hat das nach außen gebogene Stück Maschendraht entdeckt. Er hat dann auf die Uhr gesehen. Es war elf Uhr, die Uhr hat geschlagen. Leupold ist dann, als Bröger oben stand, wieder aus der Baracke gestürzt und hat geschrien. Eine Aussage war falsch. Ich ging aus dem Büro. Brumberg hatte alles Notwendige erledigt, er fragte: Was gefunden? Ich zuckte die Schultern, ich wollte, was ich als Widerspruch herausgefunden hatte, später mit ihm im Büro besprechen. Ich suchte dann Dr. Burger auf: Der jedoch jammerte nur über die Scherereien, die er nun haben würde, der zweite Tote auf einer Baustelle seiner Firma innerhalb von vier Jahren, er sagte, die Frau Althammer, die er aufgesucht hatte, habe nicht geschrien und sei auch nicht in Ohnmacht gefallen, sie habe nur gefragt, wo ihr Mann jetzt sei, dann habe sie ihn einfach stehen lassen und sei aus dem Haus gegangen, so wie sie war, ohne Jacke, nur mit einem kurzen Rock und einer leichten Bluse, er sei ihr gefolgt und habe gefragt, ob er sie begleiten dürfe, aber sie habe entschieden abgelehnt.

Ich erfuhr: Der Bauführer verdiente 2000 Mark netto, der Polier hatte 1600 Mark netto im Monat, hinzu kamen für beide sogenannte Leistungsprämien, er sagte: Das ist üblich, Fleiß muß belohnt werden. Ich erfuhr weiter, daß die Baustelle nachts nicht bewacht würde, es war schon vorgekommen, daß die Arbeiter morgens, bei Arbeitsaufnahme, Penner und Liebespärchen in den halbfertigen Bauten antrafen und sie dann hinauswarfen, abends, nach Feierabend, tobten auch Kinder herum in den Bauten, die aus der nahen Siedlung. Dr. Burger meinte, einen Nachtwächter anzustellen, lohne sich nicht, das sitzt bei den dürren Zeiten einfach nicht drin. Baracke und Maschinen würden allerdings immer korrekt verschlossen, vorige Nacht hat Leupold mal ein paar Stunden gewacht, aber das ist nicht gut, schließlich brauche er am Morgen einen ausgeschlafenen Bauführer und keinen müden. Von Dr. Burger, der sehr aufgeregt wirkte und fortwährend auf seine Armbanduhr sah, war mehr nicht zu erfahren. Ich ging mit Brumberg noch einmal in den Rohbau. Er hatte zwei Eingänge, die auch nachts offenstanden. Da war einmal die Haustür und dann der Kellereingang an der hinteren Seite, also dort, wo die Bürobaracke lag, der Hauseingang führte zur Straßenseite. Ich lief mit Brumberg noch einmal zum sechsten Stock hoch, ging oben durch alle Räume, die fünf Männer, die ich befragt hatte, waren beim Verputzen, sie taten so, als würden sie uns nicht sehen, doch verstohlen beobachteten sie uns. Draußen auf dem Gerüst war der durchschnittene Draht wieder ins Geflecht gezogen und mit Draht zusammengedreht worden. Die Absturzstelle war genau gegenüber einem Fenster, das noch nicht bis zur Brüstung hochgemauert worden war, also einen Austritt auf das Gerüst gestattete, etwa fünf Meter gegenüber dem Austritt zum Gerüst war das Treppenhaus. Ich schlenderte durch das oberste Stockwerk und da erst bemerkte ich in einer unverputzten Ecke vom Zimmer zum Treppenhaus ein zwei Meter langes Rohr stehen. Wieso hatte ich das beim ersten Mal nicht wahrgenommen? Ich nahm es in die Hand. Das Leichtmetallrohr konnte ich mit einer Hand bequem balancieren, ja sogar mit zwei Fingern. Wir gingen wieder auf den Bauhof hinunter, das Rohr hatte ich mitgenommen. Ich ging zu Leupold und fragte ihn, ob er das kenne. Leupold war verwirrt, er sagte dann, das könnte die fehlende Strebe sein, sei sich aber nicht sicher, ich bat ihn, das Rohr hier in seinem Büro aufzubewahren. Er sagte: Ja, das ist die Strebe, die fehlt. Eine sieht natürlich wie die andere aus, aber es fehlt ja nur eine am ganzen Gerüst.

Brumberg und ich fuhren ins Büro zurück. Brumberg sagte: Wir hätten die Stange, ich meine das Rohr, mitnehmen sollen, vielleicht hätten wir Fingerabdrücke gefunden.

Unsinn, sagte ich, das Rohr war verdreckt und verstaubt.

Auf meinem Schreibtisch lag der Bericht. Der Tod des Poliers war einwandfrei durch den Sturz verursacht worden. Er hatte sich das Genick gebrochen, abgesehen von vielen anderen Verletzungen. Brumberg tippte die Ergebnisse unserer Ermittlungen in die Maschine, ich las später bei einer Tasse Kaffee noch einmal alles genau durch. Es war spärlich genug. Auf einer Baustelle jemandem einen Mord nachzuweisen, war gleichbedeutend mit der Suche nach der berühmten Nadel im Heuhafen. Da war eine Strebe entfernt und ein Draht durchschnitten worden, und ein Polier war zu Tode gestürzt. Der durchschnittene Maschendraht war Absicht, die Strebe vielleicht schon nicht mehr, konnte vergessen worden sein, Nachlässigkeit. Wenn es Absicht war, wem galt es, Althammer? Am Arbeitsplatz, das war eine Erfahrung, passieren keine Verbrechen, nur Unfälle, auch wenn manche Arbeitsunfälle verbrecherisch sind. Meist hieß es: menschliches Versagen, wo Hetze, mangelnde Sicherheit und Antreiberei Grund dafür waren. Wäre dieser durchschnittene Maschendraht nicht gewesen, so wäre das kein Fall für die Staatsanwaltschaft geworden, lediglich für die Berufsgenossenschaft und für die Versicherungen. Aber da ist nun mal der durchschnittene Draht und die fehlende Strebe, an der sich der Stürzende vielleicht hätte festhalten können.

War Althammer zufällig gestürzt? Hätte ein anderer stürzen sollen, oder war es ein Dummejungenstreich? Wir hatten bei all unseren Überlegungen vergessen, uns zu fragen, wie Althammer abgestürzt war. Rückwärts? Nach vorn? Das war wohl nicht mehr zu ermitteln. Der Stürzende konnte sich in seiner Todesangst auch gedreht haben, wer weiß das schon. Hatte er sich zufällig an die Stelle des Drahtes gelehnt, war er hinabgestoßen worden? Brumberg hatte mir die Adressen all der Leute besorgt, die zum Zeitpunkt des Unglücks auf der Baustelle beschäftigt waren. Brumberg hatte auch die Arbeiter vernommen, die in Nachbargebäuden beschäftigt waren, aber es war aus den Aussagen nicht mehr zu erfahren, als wir schon wußten. Etliche hatten den Schrei gehört, die meisten nicht, bestätigt aber hatten alle, daß Althammer ein Schikanierer war, und einer, Dürnberger hieß er, hatte ausgesagt, daß der Polier und der Bauführer zusammenhielten und trotzdem manchmal Streit hatten, er habe die beiden öfter in einer Kneipe gesehen, in der sie manchmal erregt aufeinander eingesprochen hätten, einmal habe er auch eine Menge Geldscheine gesehen und einmal habe er gesehen, daß Althammer Eintragungen in ein Buch gemacht habe. Das Buch hatte einen roten Einband. Aber ansonsten erbrachte die Befragung der Arbeiter das, was man Befragung einer schweigenden Wand nennt. Sie konnten oder wollten nicht mehr sagen, einer hatte sogar gesagt, lassen Sie uns in Ruhe, wir haben Akkord, wir kommen sonst nicht auf unser Geld. Was geht uns der Polier an, der war ein Leuteschinder, aber auf seine Beerdigung gehen wir trotzdem, er ist ja tot. Vergessen.

Am anderen Vormittag suchten wir Frau Althammer auf. Sie ließ uns widerstrebend rein, sie wohnte in einem Eigenheimreihenhaus. Sie trug Schwarz. Sie bot uns Platz an und sagte: Fragen Sie. Aber ich weiß nichts. Die Frau sah aus wie ein Mädchen, sie konnte höchstens zwanzig sein. Sie konnte uns wirklich nichts sagen, was uns hätte weiterhelfen können, sie wirkte erstaunlich ruhig, sie sagte, ohne daß wir danach gefragt hätten, daß sie eine gute Ehe geführt habe, sie könne sich nicht vorstellen, daß jemand ihren Mann umgebracht haben könnte, ja, er war rauh, er hat auch gebrüllt, aber zu ihr war er immer rücksichtsvoll, sie hatten sich vor einem Jahr kennengelernt auf einem Richtfest, sie war vor ihrer Ehe Schreibkraft in einem Baubüro der Konkurrenzfirma. Nach der Heirat blieb sie auf seinen Wunsch hin zu Hause. Besondere Freundschaften habe er nicht gepflegt, selbstverständlich mußte er viele Überstunden machen, er war morgens der erste und abends der letzte auf der Baustelle, und manchmal waren die Baustellen weit weg. Brumberg fragte plötzlich: Welchen Wagen hat denn Ihr Mann gefahren? Wagen, fragte sie. Natürlich einen Mercedes. Können wir den mal sehen? fragte Brumberg wieder. Die Frau schien verwirrt, führte uns dann aber doch hinaus in die Garage. Da stand ein weinroter Mercedes 450 SEL. Mehr konnten wir von der Frau nicht erfahren, sie hatte nur noch so nebenbei hinzugefügt, daß sie ihren Mann niemals auf Baustellen besucht habe. Während ich mit der Frau noch sprach, ging Brumberg um das Haus, er saß schon im Wagen, als ich zur Straße zurückkehrte, er zeigte mir ein Paar Damenschuhe, die er aus einer Plastiktasche zog. An Absätzen und Sohlen hing Bitumenmasse. Ich fand sie in der Mülltonne hinter der Garage. Ich fragte Brumberg: Welchen Wagen fährt denn Leupold? Den gleichen, antwortete Brumberg, aber einen weißen. Warum? fragte er. Sehen Sie da einen Zusammenhang?

Ich weiß nicht, antwortete ich, ich habe da so eine Idee. Beide fahren teure Schlitten, die kosten doch eine Menge Geld, das muß doch über deren Verhältnisse gehen.

Brumberg aber klopfte auf seine Plastiktasche mit den Schuhen und fragte: Sieht die Sache jetzt nicht etwas anders aus? Sie war also auf der Baustelle, sie hat gelogen. Warum wohl.

Brumberg, Sie haben zuviel Phantasie. Aber trotzdem, geben Sie die Schuhe ins Labor.

Ich habe schon Pferde kotzen sehen, sagte Brumberg.

Ich ging den Fall für mich noch einmal durch. War der Absturz dem Polier zugedacht, dann war es Mord. Von wem? Was war das Motiv? War es ein Arbeiter, dessen Wut auf den Polier so groß war, daß er auch davor nicht zurückschreckte? Das schien mir unwahrscheinlich, in der Regel beschwert man sich beim Firmenchef, und wenn der zum Polier hält, dann geht man einfach in ein anderes Baugeschäft, der Verputzerkolonne konnte der Polier sowieso nichts sagen, die hatten Akkord und bekamen nach Quadratmeter bezahlt. Antreiben und Schikanieren halfen da nichts, deswegen stürzt man da keinen vom Gerüst, man läßt dem anderen höchstens bei passender Gelegenheit einen Hammer auf die Zehen fallen. Es mußte etwas anderes dahinterstecken. Wie aber ist der Polier vom Gerüst gestürzt? Mir schien es wichtig, das erst einmal zu klären. Ich rief Brumberg, der war keineswegs erstaunt, als ich ihm sagte, daß wir noch einmal zur Baustelle fahren. Der Bauführer fragte dauernd, ob wir schon eine Spur hatten, aber ich verlangte nach der Leichtmetallstange, die als Strebe verwendet worden war. Er lief ins Büro, kam sofort wieder und sagte, die Strebe sei nicht mehr da.

Was heißt, nicht mehr da? Wer kann denn ein Interesse an so einem Stück Rohr haben?

Ich weiß nicht, sagte Leupold, aber es ist ja auch nichts Ungewöhnliches, wenn auf einer Baustelle was verschwindet.

Baustelle? fragte Brumberg. Das Rohr war aber doch in Ihrem Büro. Na und? fragte Leupold, das Büro steht doch den ganzen Tag offen. Kein Zweifel. Leupold war erregt.

Ich zog Brumberg aus dem Büro. Unterwegs fand ich eine Vierkantlatte von ungefähr zwei Metern Länge. Brumberg wollte fragen, ich winkte ab. Brumberg folgte mir zum sechsten Stock an die Stelle, wo Althammer abgestürzt war. Ich schickte Brumberg zum Ende des Gerüstes. Als er dort angekommen war, rief ich ihn, daß er kommen sollte. Ich blieb hinter dem Mauerdurchbruch stehen. Ich rief: Althammer, komm doch mal her, schau dir das an, da ist der Draht durchgeschnitten. Brumberg begriff sofort, worauf ich hinauswollte, er kam gemächlich angelaufen, ich trat in den Mauerdurchbruch zurück. Brumberg fragte im Näherkommen: Wo? Hier?

Hier, sagte ich, und als Brumberg genau an der Absturzstelle stand, da stieß ich mit meiner Vierkantlatte leicht vor seine Brust. Er taumelte, fiel an den Maschendraht, ich riß ihn zurück, er rief: Sind Sie verrückt geworden! Ich rief: Bleiben Sie hier stehen, lief weg, stellte die Latte in eine Zimmerecke und hastete das Treppenhaus hinunter, so schnell ich konnte, lief im Keller zur Tür hinaus, über den Bauhof, in Leupolds Büro, der sah mich etwas dumm an, ich nahm den Hörer und wählte die Nummer meiner Dienststelle, sagte zur Sekretärin ein paar belanglose Worte, hängte dann ein und lief wieder auf den Hof. Oben im sechsten Stock stand Brumberg immer noch auf dem Gerüst, ich rief: Kommen Sie runter! Ich sah auf meine Uhr. Es waren genau zehn Minuten vergangen. Leupold war hinter mir hergelaufen; er rief: Mann, was soll denn das, hier ist eine Baustelle und kein Stadion. Ich fragte ihn: Und Sie können sich nicht vorstellen, wer das Rohr aus Ihrem Büro genommen haben könnte?

Ich? Nein. Es wird immer geklaut auf'm Bau, da braucht man sich doch nicht aufzuregen. So ein blödes Rohr. Was hat es denn damit auf sich? Morgen wird eine neue Strebe eingesetzt.

Brumberg sagte mir später, er habe eine Probe Bitumen mitgenommen, und er sagte weiter: Ich habe verstanden, so könnte es gewesen sein. So war es, antwortete ich ihm. Nur so. Nur wissen wir nicht, wer Althammer das Rohr vor die Brust oder in den Rücken gestoßen hat. Leupold? fragte er.

Unsinn, sagte ich. Ich habe es ausprobiert. Es hat zehn Minuten gedauert. Der Zeit nach kann es Leupold niemals gewesen sein, wenn ich davon ausgehe, daß die Angaben von Bröger stimmen, er hat einen Schrei gehört, dann Klatschen, dann ist er zum Gerüst gelaufen, dann hat er Leupold in die Baracke laufen sehen. Zusammengerechnet sind das nach meiner Schätzung fünf Minuten. Auch Leupold kann nicht fliegen.

Eine dritte Person? fragte Brumberg.

Ich nickte.

Hat es etwas zu bedeuten, daß beide, sowohl Leupold als auch Althammer, teure Wagen besitzen? Sehr teure? fragte Brumberg.

Vielleicht. Aber beide verdienen doch gut, machen Überstunden, die oft gar nicht ausgewiesen werden, da gibt es so graue Listen, von denen das Finanzamt nichts erfährt. Und dann womöglich noch Schwarzarbeit.

Am Abend erhielten wir den Laborbericht. Die Bitumenmasse war identisch mit der auf den Schuhen von Frau Althammer, vorausgesetzt, die Schuhe gehörten der Frau

Althammer. Ich blätterte immer noch in den Protokollen, da hörte ich Brumberg sagen: Mit Schwarzarbeit ist viel Geld zu verdienen, weil es nicht versteuert wird.

Ich fragte: Was meinen Sie wirklich?

Ich meine, Schwarzarbeit muß ja nicht unbedingt Arbeit sein. Da sind die armen Schlucker, die so nebenbei ein Zimmer tapezieren und eine Garage hochmauern, für das Urlaubsgeld im nächsten Jahr, aber Schwarzarbeit kann ja auch was anderes sein. Wenn man zum Beispiel Baumaterial verschiebt, ich meine, lastwagenweise, na ja, so unter der Hand verkauft zum halben Preis an andere Bauherren, private Bauherren, meine ich.

Brumberg, Sie haben zuviel Phantasie. Wenn so was gemacht wird, da gibt es zu viele Mitwisser.

Ich fuhr allein zu Frau Althammer und dachte dauernd an die Theorie, die Brumberg da entwickelt hatte. Das war nicht von der Hand zu weisen, das war auch nicht neu, vor drei Jahren hatten wir einen Fall, das aber war ein armer Hund von Kraftfahrer, der so kleckerweise an private Bauherren anlieferte, da mal einen Kubikmeter Sand, da drei Sack Zement, dort hundert Steine, aber so etwas bessert nur das Taschengeld auf, damit war nicht reich zu werden.

Ich parkte meinen Wagen in einer Seitenstraße. Vor dem Reihenhaus Althammers parkte Leupolds Wagen. Ich klingelte. Es dauerte lange, bis Frau Althammer die Tür öffnete und dann auf mein Drängen die Kette zurückschob. Im Wohnzimmer saß Leupold. Er sah mich groß an, aber er war weder verlegen noch aufgeregt, er sagte nur: Der Chef meinte, ich sollte mit Frau Althammer noch einmal alles durchgehen und besprechen wegen der Beerdigung. Die Firma will da nicht kleinlich sein.

Das ist schön, sagte ich. Frau Althammer bestätigte das, sie bot mir Platz an, aber ich blieb stehen. Nun war ich verlegen, denn ich wußte plötzlich überhaupt nicht mehr, warum ich nochmals hierhergekommen war. Ich hatte bemerkt, als ich auf das Reihenhaus zuging, daß die Garage offenstand und der Kofferraumdeckel des Mercedes in der Garage hochgeklappt war. Leupold verabschiedete sich, er lief aber nicht zu seinem Wagen vor dem Haus, sondern zur Garage, er war sehr eilig, die Frau rief mich zurück, aber ich war Leupold schon gefolgt. Dann, auf halbem Weg, schlug sich Leupold vor die Stirn, bleib stehen, kehrte um, ging zu seinem Wagen und fuhr ab. Die Frau stand unter der Haustür, sie sah dem abfahrenden Wagen nach. Ich rief ihr zu: Der Kofferraum des Wagens ist offen, ich mach ihn zu. Die Frau kam gelaufen, aber ich hatte den Deckel schon geschlossen. Im Kofferraum lag quer das vermißte Rohr aus Leupolds Büro, das angeblich gestohlen worden war.

Die Frau sah mich groß an, als sie mir gegenüberstand. Ich fragte sie: Haben Sie mir etwas zu sagen? Sie antwortete ganz ruhig: Nein, ich habe Ihnen nichts zu sagen.

Anschließend fuhr ich ins Präsidium. Das Labor hatte wieder gut gearbeitet, wir hatten die Befunde der Drahtzange und des Bindfadens am Maschendraht erhalten. Brumberg erzählte mir von einer Anzeige, die mit unserem Fall anscheinend nicht in Zusammenhang stand und doch irgendwie hineinpaßte. Dr. Burger hatte vor einem halben Jahr Anzeige erstattet gegen Unbekannt, weil auf seinen vielen Baustellen Unmengen von Baumaterial entweder nicht angeliefert worden waren oder über Nacht wieder abtransportiert worden sind. Er bezifferte den Verlust – Anzeigetermin 2. 4. 74 –, heute hatten wir den 20. 9. 74, auf etwa 200 000 Mark.

Ist was? fragte Brumberg. Ich weiß nicht, sagte ich. Mir paßt das nicht in den Kram. Ich dachte, ich hätte eine Spur. Das kompliziert alles, ich sehe zu unserem Fall noch keinen Zusammenhang. Wir haben es mit einem, so meine ich, gut geplanten und heimtückisch ausgeführten Mord zu tun, ich suche immer noch nach dem Motiv. Bei Schiebereien von Baumaterial verdient man nicht schlecht, sagte Brumberg.

Das stimmt, sagte ich, trotzdem, ich weiß nicht.

Bei der Beerdigung von Jörg Althammer, die Staatsanwaltschaft hatte den Leichnam zur Bestattung freigegeben, stand ich in der hintersten Reihe der Trauergäste. Unmittelbar vor mir standen die fünf Männer der Putzkolonne, sie waren allerdings doch sehr respektlos und rissen Witze, sie hatten mich wohl nicht wiedererkannt, das heißt, keiner hatte sich umgedreht, während der Pfarrer und Dr. Burger sprachen. Ich hörte ihren deftigen Witzen zu und mußte oft in mich hineinlachen, aber ich war sofort wieder bei der Sache, als ich Bröger zu Pauli sagen hörte: Jetzt macht das Geschäft der Leupold wohl allein.

Die Witwe trug einen schwarzen, sehr modischen Schleier vor dem Gesicht, Leupold stand mit unbewegtem Gesicht neben ihr, sie hatte ihren Arm auf den seinen gelegt.

Wenn er es allein macht, hörte ich Pauli sagen, bin dann gespannt, was er springen läßt. Der muß jetzt schon ein bißchen mehr raustun, ist doch alles teurer geworden.

Der will doch immer die Wurst an zwei Zipfeln haben, der Leupold, sagte Bröger.

Dann müssen wir ihm eben einen Zipfel abschneiden, antwortete Pauli. Und dann kamen die Worte des Pfarrers: Erde zu Erde ... Ich ging vom Friedhof, bevor die Trauergäste aufbrachen.

Im Büro sagte ich zu Brumberg: Zwischen der Anzeige des Dr. Burger und dem Tod des Poliers scheint mir doch ein Zusammenhang zu bestehen.

Das freut mich, sagte Brumberg, aber was bringt uns das weiter, wir haben nicht viel.

Es wäre gut, antwortete ich ihm, wenn wir ein wenig mehr über diese Frau Althammer erfahren könnten.

Frau Althammer? Aber wieso denn, ich dachte Leupold. Brumberg war erstaunt.

Leupold auch, antwortete ich ihm. Die beiden gehören zusammen. Klar. Kümmern Sie sich mal darum.

Am Montag fuhr ich wieder zur Baustelle. Leupold war

nicht da, dafür aber ein neuer Polier, ein älterer Mann, die Putzkolonne, die ich suchte, arbeitete in einem anderen Bau. Bröger wirkte ängstlich, als ich ihn von seiner Arbeit wegholte und direkt fragte: Wieviel habt ihr denn bekommen? Erst sagte er kein Wort, dann druckste er herum, schließlich sagte er: Zwanzig Mark. Jeder? – Jeder, sagte er. Von Leupold? fragte ich. Wieso denn? Nein, von Althammer natürlich.

Und Leupold hat nichts mit der Sache zu tun? fragte ich wieder. Was weiß ich, fragen Sie ihn doch selber, brummelte er und ging einfach.

Dann fuhr ich in die Stadt in die Hauptverwaltung des Bauunternehmens. Dr. Burger traf ich im Flur. Er war eilig, er hatte einen Termin, aber ich nötigte ihn, mich anzuhören. Ich redete von seiner Anzeige gegen Unbekannt. Er war erstaunt, aber als ich ihm klarzumachen versuchte, daß zwischen dem Tod seines Poliers und dem Verschwinden von Baumaterial auf seinen Baustellen eventuell ein Zusammenhang bestehen könnte, da wurde er zugänglich, er bat mich in sein Büro. Er erzählte mir dann, daß er Althammer auch einmal in Verdacht hatte, weil der sich jedes Jahr einen so teuren Wagen kaufte, was er sich nicht leisten konnte, aber gut, jeder kann mit seinem Geld machen, was er will, der eine verhurt oder verspielt es, der andere hat eine Autoleidenschaft, was soll's, Althammer war ein Arbeitspferd, der hat gut verdient, der war zuverlässig, na ja, mancher Verdienst ist in den Gehaltslisten gar nicht aufgetaucht. Sie wissen ja, wenn die auch noch für Überstunden Steuern zahlen müssen, dann haben die Leute keine Lust. Überstunden zu machen, das ist leider Gottes so, ist eben eine ungerechte Steuerbelastung. Aber wissen Sie, solche Mengen Baumaterial zu verschieben und schwarz zu verkaufen, das kann kein Mann allein, das können auch nicht zwei Leute, da gibt es Mitwisser, da muß jemand einen guten Draht haben, um die Aufträge anzunehmen, das kann man nicht hier in einem Büro, schon gar nicht draußen in den Baubaracken, der, der das vermittelt, der muß Bescheid wissen, wo gebaut wird, wer der Träger ist, wer Interesse an verbilligten Baustoffen hat, da muß es Transportfahrzeuge geben und die müssen dann an die verschiedenen Betriebspunkte geleitet werden, so etwas kann nicht verborgen bleiben, die Fahrer wollen schließlich auch ihren Anteil. Nein, so einfach, wie Sie sich das vorstellen, ist das nun wieder nicht.

Schmiergelder also? fragte ich.

Bestechungsgelder, sagte er.

Aber, könnten dann die Bestechungsgelder nicht höher sein als der Verdienst der Schieber?

Sehen Sie, ein Kraftfahrer oder ein Maurer sind schon froh, wenn sie fürs Maulhalten einen Zwanzigmarkschein in die Hand kriegen. Man lädt das Material dort auf, wohin man geschickt wird, man kippt es dort ab, wohin man geschickt wird. Hinterher weiß keiner mehr was. Reden sich alle raus, falls es mal zum Knall kommt, sagen dann einfach, sie dachten, das wäre eine von unseren Baustellen gewesen.

Könnte es Althammer gewesen sein, fragte ich.

Althammer ist tot, sagte er.

Leupold? fragte ich.

Aber da sprang Burger auf und schrie mir fast ins Gesicht: Auch die Polizei hat kein Recht, meine besten Leute zu beleidigen, nehmen Sie das bitte zur Kenntnis.

Als ich ins Präsidium zurückfuhr, ging mir dauernd ein Satz Burgers durch den Kopf: Da muß jemand einen Draht haben, der das koordiniert. Also eine organisierte Schieberei. Verdammt, wir hatten einen Mord aufzuklären und jetzt waren wir gelandet bei einer schmutzigen Schieberei.

Was jetzt? fragte mich Brumberg. Ich war plötzlich auf ihn wütend, er saß da und kaute an seinen Fingernägeln, er wußte, daß er mich damit ärgern konnte, er grinste mich an, ich wußte, was das bedeutete, er grinste immer so, wenn er etwas wußte, was mir noch nicht bekannt war. Er feilte die abgekauten Nägel, dann sagte er: Eine Neuigkeit. Vielleicht hilft die uns weiter. Frau Althammer liegt im Krankenhaus.

So. Was fehlt ihr denn? fragte ich.

Gehirnerschütterung, sagte er und grinste mich wieder an. Ich hätte ihn dafür schlagen können.

Er sagte: Das glückliche Mädchen hat einen Schlag über den Kopf überstanden. In ihrer eigenen Wohnung wurde sie von hinten niedergeschlagen. Die Nachbarin hat sie gefunden, die Haustür war offen, die Nachbarin wollte ihr selbstgebackenen Kuchen bringen. Ja, so ein Schlag ist gewöhnlich tödlich. Aber das schmale Persönchen hat es überstanden. Ist noch nicht vernehmungsfähig, sagt der Arzt.

Was Brumberg da erzählte, paßte nun überhaupt nicht in meine Theorie. Es war geradezu unglaubhaft, was Brumberg da erzählte. Brumberg muß mir meine Zweifel angesehen haben, er sagte: Ich war genauso verblüfft wie Sie. Aber es stimmt nun mal.

Ich rief in der Klinik an. In einer Stunde könnte ich kommen, die Patientin sei bedingt vernehmungsfähig.

Frau Althammer wirkte noch zierlicher, als ich sie in Erinnerung hatte, aber sie war erstaunlich gefaßt, ruhig, sie sagte sofort, als Brumberg und ich eintraten: Suchen Sie nicht weiter. Holen Sie das Buch aus meiner Wohnung. Es liegt in der Flurgarderobe im Handschuhfach. Es hat einen roten Einband.

Alle weiteren Fragen, ob sie wüßte, ob sie einen Verdacht habe, wer sie niedergeschlagen haben könnte, ließ sie unbeantwortet. Entweder hatte sie wirklich Schmerzen oder sie spielte uns was vor. Wir gingen.

Die Nachbarin verwahrte den Schlüssel. Ich holte das Buch aus dem Handschuhfach, ein Notizheft mit alphabetischem Verzeichnis. Im Büro rief ich Brumberg, ich wollte mit ihm gemeinsam das Buch sichten. Nach dem ersten Durchblättern schien es nur Zahlen zu enthalten, aber die Zahlen waren gewichtig. Wir lasen: Rheinische Straße fünf Kubikmeter Sand. Herdecker Straße 200 Schmattesteine. Evinger Straße 30 Sack Zement. Heideweg 1000 Dachziegel, und so ging es weiter. Ich las Brumberg auch die DM-Beträge vor, die hinter den einzelnen Lieferungen standen, am Ende meiner Aufzählung sagte Brumberg: Ich bin auf 78 000 Mark gekommen, flüchtig gerechnet. Althammer hatte büromäßig alles erfaßt, wir wußten nun schlüssig, daß er seiner Firma Waren abgezweigt und an verschiedene Bauherren verhökert hatte. Wer aber war sein Verbündeter? Pauli hatte erzählt, er habe Althammer und Leupold einmal in einer Kneipe gesehen, mit einem Notizbuch, und sie hätten heftig aufeinander eingeredet. Leupold? Aber Leupold hatte Althammer niemals umgebracht, die Zeit, die wir gestoppt hatten, reichte nicht, es sei denn, er hatte einen Komplizen. Und wieder kam in mir der Verdacht hoch, den ich seit Tagen zu verdrängen suchte.

Jetzt wissen wir mehr, sagte Brumberg plötzlich. Aber wir wissen immer noch nicht, wer Althammer vom Gerüst gestoßen hat. Was wir gefunden haben, ist billiger Diebstahl und Betrug, aber wir suchen einen Mörder. Und eine Frau liegt im Krankenhaus, die wußte wahrscheinlich alles, die wurde nierdergeschlagen. Von wem?

Ihre Stimme kam mir so bekannt vor, sagte ich, schon beim ersten Besuch. Ich ließ mich mit der Klinik verbinden, mit Frau Althammer. Als sie sich meldete, sagte ich: Entschuldigen Sie bitte die Störung, aber ich habe noch zwei Fragen. Sie sagten damals, Sie hätten Ihren Mann auf Baustellen nie besucht.

Ja, das habe ich gesagt.

Warum haben Sie uns das Notizheft Ihres Mannes gegeben. Sie belasten Ihren Mann schwer.

Mein Mann ist tot, sagte sie und hängte einfach ein.

Ich sagte zu Brumberg: Frau Althammer ist diese Koordinationsstelle. Ich habe ihre Stimme jetzt am Telefon wiedererkannt, es war dieselbe Stimme, die damals im Baubüro anrief und sagte: Wo bleibt die Fuhre, eine Schweinerei ist das. Und sie dachte, Leupold sei am Telefon. Also hängt Leupold mit drin, er ist der zweite Mann nach Althammer, und Frau Althammer hat die Geschäfte vermittelt. Jetzt sehe ich schon das andere Ufer, Brumberg. Es deutet sich ein Motiv an.

Das Motiv aber gefällt mir nicht. Alle drei haben bei dem Geschäft verdient, keiner ist zu kurz gekommen, keiner der drei. Also warum sollte einer den anderen umbringen?

Ja, das ist richtig.

Wir nahmen uns nochmals das rote Notizbuch vor. Klar daraus wurde, daß an viele Punkte der Stadt und auch nach außerhalb Baumaterial verschiedenster Art geliefert worden war, was an Geld unter dem Strich herauskam, wir erfuhren daraus aber nicht, wer die andere Hälfte der Summe erhalten hatte, mit wieviel Geld Lastwagenfahrer oder Mitwisser geschmiert worden sind. Das Buch bewies nicht, daß Leupold der zweite Mann war, der Beweis lag nur in dem Telefonanruf, und auch der konnte abgestritten werden, er war zweifelhaft als Beweis. Und dann war da noch die fehlende Strebe in Althammers Mercedes, alles Dinge, die nicht zusammenpassen wollten. Die Frau hatte keinen Führerschein, sie konnte den Wagen ihres Mannes nicht gefahren haben. Dr. Burger hält Leupold für einen seiner zuverlässigsten Leute. Wir wußten nicht, wer Althammer vom Gerüst stieß, wer Frau Althammer niederschlug. Ich war mit Brumberg noch einmal alle Verdachtsmomente durchgegangen, wir fanden nicht viel, und doch war es viel, aber zuwenig für konkrete Hinweise auf den Mord, wenn es überhaupt einer war. Ich gab Brumberg den Auftrag, sich nach allen Adressen zu erkundigen, die wir im Buch gefunden hatten, vielleicht waren auf diese Weise Beweise zu erbringen. Am Abend schon, als ich nach Hause fahren wollte, kam Brumberg zurück, er bestätigte, was wir an sich längst wußten, daß all die angegebenen Adressen im roten Notizbuch Baustellen waren, überwiegend private Bauträger. Nichts Neues also. Aber weil Brumberg wieder sein empörendes Grinsen aufgesetzt hatte, wartete ich geduldig, bis er mit seiner Neuigkeit von selbst kam. Er schob mir einen Zettel über den Tisch, darauf standen sechs Zahlen. Telefon? fragte ich. Ja, Telefon. Das von Althammer. Ich habe dabei den Leuten etwas nachgeholfen, na, Sie wissen schon, die redeten dann. Sie haben immer über diese Nummer verhandelt und immer mit einer Frau, die eine sehr helle Stimme hatte. Sie gaben die Bestellung auf, die Frau rief bei den einzelnen Bauherren dann wieder an, wann die Fuhre eintreffen sollte.

Der Koordinator, sagte ich.

Wir fuhren in die Klinik. Frau Althammer war nicht überrascht, als sie uns sah, und gab auch sofort zu, daß sie im Auftrage ihres Mannes diese Geschäfte abgewickelt hatte. Was sollte ich denn tun, er hatte mich in der Hand, er hätte mich hochgehen lassen können, denn ich habe damals, als ich noch bei der Konkurrenzfirma war, die Kalkulationen geändert zugunsten seiner Firma. Ich habe immer Mark oder auch nur Pfennige in einzelnen Positionen retuschiert, so daß meine Firma immer etwas teurer war als seine. Er hat mir kurz vor Einreichung des Kostenvoranschlages die Kalkulation durchgegeben für die Ausschreibung, dann habe ich die Zahlen verglichen, ich habe dann einzelne Positionen geändert, aber nur auf dem Voranschlag, der eingereicht wurde. Nicht auf dem Durchschlag, der bei der Firma blieb, ich habe die Voranschläge oft selbst hingetragen zum Bauamt oder zu anderen Bauträgern ... und dann, wenn ich nicht wollte, weil es mir zu mulmig wurde, hat er mich einfach verprügelt. So war das.

Sie sagten doch, er war gut zu Ihnen, fragte Brumberg.

Mein Gott, würden Sie sofort zugeben, daß Sie Ihr Mann verprügelt. Er war ja auch gut zu mir, wenn alles nach seiner Pfeife tanzte. Und Leupold war der zweite Mann, sagte ich unvermittelt, aber da betrat Leupold das Krankenzimmer mit einem Strauß Orchideen. Er blieb erschrocken an der Tür stehen. Kommen Sie nur rein, sagte ich, wir wollten sowieso aufbrechen.

Brumberg und ich gingen. Unten auf dem Parkplatz stand Althammers Mercedes. Wir warteten beim Pförtner etwa eine halbe Stunde, bis Leupold zurückkam. Er wollte an uns vorbei, tat so, als bemerke er uns nicht.

Wir haben noch ein paar Fragen an Sie, sagte ich und hielt ihn am Arm zurück.

Was, jetzt? Es ist schon spät, sagte er.

Kommen Sie bitte mit zum Präsidium, sagte Brumberg. Ein Fahrer von uns bringt Sie wieder zurück. Sie verstehen, die Straße ist nicht der richtige Ort.

Bin ich verhaftet? fragte er.

Aber, aber. Wir haben nur ein paar Fragen, die können bis morgen nicht warten, beschwichtigte ich.

Während der Fahrt schwieg Leupold. In meinem Büro, bevor er sich setzte, sagte er heftig: Von mir erfahren Sie nichts. Ich weiß nichts. Ich weiß überhaupt nicht, was Sie wollen. Ich habe doch die Polizei gerufen damals, wenn ich nicht gewesen wäre, dann ... Doch, sagte ich. Setzen Sie sich. Sie wissen zum Beispiel, wieviel Sie mit Althammer zusammen verdient haben bei der Schieberei von Baustoffen ... Ich holte das rote Notizbuch aus der Schublade. Da sprang er auf und schrie: Das verdammte Weib ... das verdammte Weib ... sie ist doch an allem schuld, sie hat doch alles eingefädelt, sie konnte doch nicht genug kriegen ... ich, ich hab' mal mitgemacht, hab' mich bequatschen lassen und dann konnte ich nicht mehr zurück. Sie hat immer gedroht, daß sie alles anzeigen wird ... sie war der böse Geist ... sie hat ...

Ich stand auf und sagte: Ja, sie hat ihren Mann mit dem Rohr, mit der angeblich vergessenen Strebe vom Gerüst gestoßen: Brumberg verschluckte sich. Leupold setzte sich langsam, sein Mund stand weit offen, ich hatte den Eindruck, jeden Augenblick müßten ihm die Augen aus den Höhlen fallen. Es war so still, daß ich meine Armbanduhr ticken hörte, da schnaufte Leupold: Woher ... um Gottes willen ... woher wissen Sie das ...

Von Ihnen selber, sagte ich.

Nein, schrie er, nein, ich habe nichts gesagt, nie hab' ich was gesagt, Sie wollen mich reinlegen ...

Doch, Herr Leupold, ich weiß es von Ihnen. Sie haben den Draht durchschnitten. Vermissen Sie Ihre Drahtschere nicht? Die habe ich im Labor untersuchen lassen und den Draht, alles paßt zusammen. Ich habe den Bindfaden gefunden, mit dem Sie das durchschnittene Drahtende wieder angebunden haben, auch da stimmt der Laborbericht. Sie haben sich in der Nacht vorher freiwillig als Baustellenwache gemeldet. Alles war genau durchdacht. Am nächsten Morgen kam Frau Althammer, Sie haben es so eingerichtet, daß Sie mit Althammer auf dem Gerüst entlanggingen bis zur besagten Stelle, wo der Draht durchschnitten war und die Strebe fehlte. Frau Althammer kam von der Straßenseite in den Bau und ist da auch wieder hinaus. Sie hatten die Putzkolonne, entgegen den Anweisungen des Poliers, an die äußerste und der Straße abgewandten Seite zum Verputzen eingeteilt, keiner konnte also Frau Althammer sehen, und Frau Althammer kannte sich in den Bauten aus. Als Sie mit Althammer an besagter Stelle waren, hat Frau Althammer vom Durchstich aus, wo sie sich verborgen hatte, zugestoßen, und Sie sind dann gleich runtergelaufen. Althammer hatte überhaupt keine Chance. Im allgemeinen Tumult und Schrecken hat niemand auf Frau Althammer geachtet. Ihre Schuhe, wir fanden sie in der Abfalltonne, Pech, sie hätte sie verbrennen sollen, an den Schuhen ist das Bitumen, das wir überall fanden, Pech, Sie haben die Schuhe in die Mülltonne geworfen ...

Da sprang Leupold, der immer mehr in sich zusammengesackt war, auf und schrie wie hysterisch: Sie hat alles angezettelt ... nur sie ... das Mistweib, das Saustück ... die Hure ...

Und Sie haben auch Frau Althammer niedergeschlagen, sagte ich ruhig ... es sollte wie ein Mordversuch aussehen ...

Was sollte ich denn für einen Grund haben, schrie Leupold wieder. Grund? Vortäuschen sollten Sie das, damit ein eventueller Verdacht von ihr abgelenkt wird. Man wird sagen, zuerst der Mann, dann die Frau. Den Mann haben Sie nicht direkt umgebracht, also könnten Sie auch die Frau nicht umbringen, Sie wollten doch wieder mit ihr zusammen. Ich holte ein Fotoalbum aus der Schublade und legte es vor Leupold hin. Zu Brumberg sagte ich: Entschuldigen Sie, aber ich hatte keine Zeit mehr, es Ihnen zu sagen, in der Flurgarderobe gefunden.

In dem Fotoalbum waren nur Bilder von Frau Althammer mit Leupold zusammen.

Sie waren doch mit ihr verlobt? fragte ich.

Ja ... ja ... schon ... stotterte er. Leupold verlor seine Selbstbeherrschung.

Und sie wollte wieder mit Ihnen zusammen, deshalb mußte Althammer verschwinden. Aber dann haben Sie den Fehler gemacht, Frau Althammer niederzuschlagen, warum ... weil Sie nämlich mittlerweile anders gebunden waren, Sie hatten gar kein Interesse mehr an ihr, und das Geschäft wollten Sie allein betreiben ... so ist es doch. Aber Sie haben nicht mit der Rache der Frau gerechnet, sie wußte, wer sie niedergeschlagen hatte, dann hat Frau Althammer sich gerächt und uns das rote Notizbuch gegeben ... Lassen Sie ihn abführen, sagte ich zu Brumberg, und veranlassen Sie, daß ein Haftbefehl für Frau Althammer ausgestellt wird.

Als Brumberg nach einiger Zeit zurückkam, fragte er: Aber warum hat Leupold selber die Polizei gerufen, warum nur?

Warum wohl? Vielleicht Flucht nach vorn, was weiß ich, oder nach der Annahme, wer Anzeige erstattet, ist automatisch unschuldig. Wir werden es wohl noch erfahren.

Hoffentlich, sagte Brumberg.

Max von der Grün: geb. 1926, Bayreuth; Mitbegründer der Gruppe 61, deren Mitglieder sich schriftstellerisch mit der Welt des Arbeiters beschäftigten. Lange Zeit selbst Bau- und Bergarbeiter, bedient sich von der Grün traditioneller Genres, um sowohl allgemeine Probleme der Arbeiterklasse transparent zu machen als auch die Borniertheit bürgerlichen Bewußtseins aufzudecken; z. Z. arbeitet er am Libretto einer Oper über das Ruhrgebiet.

Mordslust Magazin

Der Kommissar schreibt einen Brief

Liebe mordslustigen Leser,

MORDSLUST 3 wird eine Geschichte enthalten, die sich um die Entschlüsselung einer geheimen Botschaft dreht. Wir veröffentlichen diese vorab, um Ihnen die Gelegenheit zu geben, sich mit den besten „Spürhunden“ der Welt zu messen.

Die richtige Einsendung wird mit einem Jahres-Abo von MORDSLUST belohnt. Die Lösung besteht in einem Codewort:

```
AD11101011110ZURBEZAHLTENREINIG
UNGDERWFESTEIMDIENSTEIHRERMAJES
TAETERDACHTUNDCHARAKTERLICHSTUD
IERTAD11101011111N1000TWEGERINN
ERUNGANDENINDISCHENSYMBOLGEHALT
GEAENDERTUMEBENDIESMITDEMGESAMT
ENMETIERZUTUN1100100JVON1DRDARG
ESTELLTALSMENSCHLICHESGLEICHNIS
IMORIGINAL1111101000EJVONDRESZU
RHEILUNGVONGRIPPEBRONCHITISUNDD
URCHBLUTUNGSSTOERUNGENVERWANDTR
EGTANWILDERMATTH110111111100000
OHMSZUMINDESTZUMGRUEBELNBISHEUT
```

P. S. Sie dürfen uns aber auch nur mitteilen, welche Geschichte in MORDSLUST 2 Ihnen am besten gefallen hat. Unter diesen Einsendungen verlosen wir 10 x je 1 Jahresabo MORDSLUST (= 4 Ausgaben).

Der Kommissar freut sich

Es beginnt wie im Film. Totale: eine Bundesstraße. Es regnet. Ein PKW gerät ins Schleudern, prallt auf ein entgegenkommendes Auto. Reifenquietschen, dumpfes Krachen, Klirren. Schnitt.

Dr. Dorn referiert über Fontane, nur wenig später ist er tot. Diagnose: Herzinfarkt. Zwei Tage später: Prof. Bitterberg, Gesundheitsfanatiker, liegt tot in seinem Büro. Ursache: ein langes Messer in seinem Rücken. Schließlich entgeht Frau Dr. Dormeyer nur knapp den Klauen eines Würgers: Aus dem Schoße reiner Wissenschaft kriecht das Grauen.

Doch auch wenn Professoren selten leise sterben, geht der graue Studentenalltag weiter: der Disput über den Mensa-Fraß, der Zug durch die Kneipen, um Dixie zu hören, die ewigen Beziehungskisten. Und mittendrin bewegt sich Amoenus, der Liebliche, »bemoostes Haupt der Wissenschaft, Freund der Schönen Künste und passionierter Langschläfer«, außerdem Laienschauspieler und Jazz-Pianist. Eine sympathische Gestalt dieser Amoenus, einer »jener Uraltstudenten, von denen die Bildungsplaner alpträumen. Seinen bürgerlichen Namen kennt längst kein Mensch mehr.« Mit ihm feiert jenes Studentenmilieu aus den späten 60ern augenzwinkernd-ironisch seine Wiederauferstehung. Uni hin, Uni her, Amoenus macht alles, nur nicht Examen; und so nebenbei überführt er auch noch den Mörder. »So nebenbei«, weil die Handlung nicht simpel auf die Lösung hintreibt, sondern ganz plötzlich die handelnden Personen mit ihren Ängsten und Wünschen, ihren Stärken und Schwächen das Spannende sind in:

Peter Wierichs:
Professoren sterben selten leise, Mülheim 1986, Westarp Verlag, Originalausgabe, 144 S. 19,80 DM

*

Ein Mann steht nachts im Schlafanzug im Hausflur und kann sich an nichts mehr erinnern. Was als Alltagskomödie beginnt, wird für den Wissenschaftler Roland Kilian zu einem Alptraum, denn exakt zum Zeitpunkt seines Blackouts wurde sein Nachbar ermordet.

Gemeinsam mit dem Leser

fragt sich auch bald Kriminalkommissarin Elfriede Schuhmann in dem neuen Roman von Lydia Tews, welchen Zusammenhang es zwischen Kilians Gedächtnisverlust und dem Mord gibt.

Wer nicht träumt, ist tot, suggeriert bereits der Titel und stimmt damit ein auf einen Streifzug durch die Halb- und Unterwelt einer fiktiven schwäbischen Kleinstadt, und es sind besonders die bigotten Beziehungen der »anständigen« Bürger zu Drogenhandel und Prostitution, denen sich die Schwäbin Lydia Tews widmet.

Nach *Sie sind ein schlechter Bulle, gnädige Frau* und *Leichen brauchen kein Make-up* präsentiert die Autorin ihre Hauptkommissarin Schuhmann zum dritten Mal: eine der sympathischsten Figuren des deutschen Krimis.

Mit sicheren Dialogen und einer guten Beobachtungsgabe für Details entwickelt sie ihre Story, die auf spektakuläre Effekte verzichtet und statt dessen den Charakteren, die sie bevölkern, genügend Raum zur Entfaltung gibt. So wird *Wer nicht träumt, ist tot* zu einem ausgezeichneten Lady-Krimi, der sich mit seiner erzählerischen Frische wohltuend von den anderen Krimi-Neuerscheinungen dieses Jahres abhebt.

R. J.

Lydia Tews: Wer nicht träumt, ist tot, Zürich 1987 (Diogenes detebe 21513), 205 Seiten, 8,80 DM

*

Viel Berliner Lokalkolorit, eine Menge Haupt- und Nebensächliches aus der alternativen Künstlerszene, dazu charmant solidarische Seitenhiebe auf die allgegenwärtigen Überspanntheiten in der geteilten Stadt: Das sind die Zutaten, aus denen die Journalistin Pieke Biermann ihren ersten Krimi gemixt hat: *Potsdamer Ableben,* szenewirksam und doppeldeutig nach einer In-Kneipe benannt.

Kommissarin Lietze und ihre allesamt etwas schrägen Mitarbeiter von der »Mordskommission« haben sich mit dem von wenigen bedauerten Ableben der Kulturkritikerin Beatrice Bitterlich abzuplagen. Verdächtig sind ohnehin erst einmal alle Gäste der großen Promotion-Fete, auf der die Pressedame das Zeitliche segnete, allen voran der von seinem Manager auf »harter Mann« getrimmte New-Wave-Sänger Richard Röhm, der in seinen besten Dialogzeilen seine Herkunft aus dem Ruhrgebiet nicht verhehlen kann.

Die Dialoge sind es auch, die die Stärke des Romans ausmachen, dessen Story sich auf ein Zora-Zobel-mäßiges Abhaken der unterschiedlichen Alternativ-Gruppierungen beschränkt. Wo immer auch Kommissarin Lietze auftaucht, versteht es die Autorin, ihren Gesprächspartnern die richtigen Worte in den Mund zu legen, mit einigen wenigen Sätzen Typen und Typisches zu charakterisieren.

Möglich, daß bei den nächsten Auftritten von Kommissarin Lietze – der Roman ist als erster Band einer Serie geplant – auch tragkräftige Geschichten erzählt werden, ein gelungener Einstand ist Pieke Biermann mit dem *Potsdamer Ableben* zumindest schon geglückt.

R. J.

Pieke Biermann: Potsdamer Ableben, Berlin 1987, Rotbuch Verlag, 161 Seiten, Originalausgabe, 14,80 DM

*

Terrorismus und politisch motivierte Gewalt sind seit mehr als zehn Jahren beständiges Thema von Polit- und Action-Thrillern der unterschiedlichsten Machart. Nur selten allerdings machen sich die Autoren dieser vorwiegend als spannende Unterhaltung angelegten Romane die Mühe, sich näher mit dem Innenleben einer Gruppe auseinanderzusetzen, die sich dem Terrorismus verschrieben hat.

Das britische Autorenteam Sarah Dunant und Peter Busby, dessen Bücher unter dem Autorennamen »Peter Dunant« erscheinen, arbeiten in ihrem Roman *Racheengel* besonders diesen Aspekt heraus: Wie wirken sich die Regeln der Gewalt auf die Struktur einer idealistisch und vorwiegend ökologisch orientierten Kampfeinheit aus, deren Unternehmung bisher zwar radikal und illegal, aber nicht von der Menschenleben verachtenden Brutalität vieler Terroraktionen gekennzeichnet waren.

Als die *Racheengel* mit der Entführung der Ehefrauen und Kinder der Manager eines internationalen Nahrungsmittelkonzerns gegen die Ausbeutung der Dritten Welt durch die westlichen Industrienationen demonstrieren wollen, beginnen sich die einzelnen Gruppenmitglieder mit der eskalierenden

Gewalt ihrer Aktion und der gewalttätigen Reaktion der Behörden auseinanderzusetzen.

Racheengel ist in dieser Beziehung ein gut durchdachter und geschriebener Roman, der sich nicht allein auf seine spannende Handlung konzentriert, sondern in seinem vielfach dokumentarisch angehauchten Stil Hintergründe anzureißen versucht.

R. J.

Peter Dunant: Racheengel, Berlin 1987, Rotbuch Verlag, 235 Seiten, Deutsch von Niels Kadritzke, 15,80 DM

*

Ein Journalist soll die verschwundene Tochter eines hochrangigen Politikers suchen — und findet dabei heraus, daß weder Kidnapping noch Mord den Hintergrund für das Verschwinden und den Tod des Mädchens liefern, sondern eine schmutzige Familiengeschichte.

Der Stoff klingt geläufig und ließe sich ohne weiteres in die Reihe klassischer amerikanischer Detektivgeschichten aus den 50er Jahren einreihen, wären da nicht bei Rainer Heubergs Roman *Schattenjagd* das Ambiente deutscher Großstädte und das Interieur von Wohngemeinschaften, Yuppie-Apartments und eleganter Einfamilienhäuser.

Rainer Heuberg, auf der Krimi-Szene bisher nicht bekannt und laut Klappentext ein »Pseudonym, das nicht gelüftet werden darf«, mixt mit nicht zu verkennender Professionalität und Sachkenntnis die Ingredienzien des traditionellen Schnüffler-Krimis mit einer gehörigen Portion Sprachdesign und geläufigem Zynismus — und schafft damit einen Roman, der in einigen Jahren vielleicht die zweifelhafte Ehre haben wird, als erster deutscher Yuppie-Krimi geführt zu werden. Die Reihe der Reißbrett-Charaktere wird angeführt vom Helden, dem Journalisten Thomas Herbst, der auch in seinem Verhalten der einfachen Griffigkeit seines Namens gerecht wird; er bewegt sich in Wohnlandschaften der gehobenen Preisklasse und absolviert gestylte Dialogszenen, die er sich in Chandler-Romanen und Bogart-Filmen angeeignet zu haben scheint.

Ohne Zweifel ist hier als »Rainer Heuberg« ein Könner am Werk gewesen, frei nach dem Motto, daß das Design das Bewußtsein bestimmt. R. J.

Rainer Heuberg: Schattenjagd,

Hamburg 1987, Kabel-Verlag Hardcover, 180 Seiten, Originalausgabe, 24,80 DM

*

Eingefleischte -ky-Leser werden im neuen Roman des Berliner Soziologen und Professors Horst Bosetz-ky voll auf ihre Kosten kommen: Ganz im Stil amerikanischer Endlos-Serien bedient der Autor sich bewährter Schauplätze und des Personals, das er sich in mittlerweile mehr als einem Dutzend Romanen und zahlreichen Hörspielen erschrieben hat, fügt einige neue Figuren hinzu (die sicher demnächst »weiterentwickelt« werden) und erzählt eine Geschichte, die gleichermaßen Krimi und Kritik, suspense und Soziologie liefert.

Schauplatz ist das -ky-bekannte Städtchen Bramme, wo Oberregierungsrat Kehding um den Bürgermeisterposten wahlkämpft und sich dabei immer massiver werdenden Anschlägen auf seine psychische Stabilität ausgesetzt sieht. Hinter diesen steht jenes titelgebende »ältere Ehepaar«, das allerdings nicht ahnt, wie sehr es mit seinem privat motivierten Feldzug gegen Kehding in die Machenschaften der lokalen Machtpolitik eingreift. Besonders Brammes aufstrebender Kommissar Thomas Catzoa, eine jener holzschnittartig treffenden Figuren, wie nur -ky sie schaffen kann, tut sich bei dem lokalen Gerangel um die Macht in der Stadt hervor, und die -ky-Gemeinde darf gespannt darauf warten, wie der Autor diese Figur in seinen nächsten Büchern weiterführt.

R. J.

-ky: Älteres Ehepaar jagt Oberregierungsrat K., Reinbek 1987, (rororo 2801), 6,80 DM

*

Mit seinem Roman *Rote Messe* hatte sich der Gerichtsreporter Michael Molsner zu Beginn der siebziger Jahre um den »neuen deutschen Kriminalroman« mehr als manch anderer Autor verdient gemacht. Molsners Geschichten, von Krimi-Puristen wegen der Sperrigkeit ihrer Plots mehr als einmal als gutgemeinte, aber schlecht konstruierte ideologische Paraphrasen einer resignierten 68er-Ideologie abqualifiziert, waren allerdings auch von Anfang an nicht als schnelle Krimi-Unterhaltung nach vorgefertigten Schablonen gedacht. Das wird besonders deutlich, liest man seine ersten Romane heute im Vergleich mit anderen Krimis der damaligen Zeit: Molsners Geschichten vom Zerbrechen des einzelnen an eigenen Ansprüchen und gesellschaftlichem Anpassungsdruck haben nichts von ihrer Aktualität verloren.

Mit seiner Serie um die *Euro-Ermittler* Corinna Castrup und Markus Stauder begann Molsner schließlich vor zwei Jahren wiederum etwas völlig neues: flott, aber keineswegs flach erzählte Geschichten zwischen verzwickter Kriminalstory und aktionsreichem Polit-Thriller. Die Themen reichen dabei vom organisierten Verbrechen *(Der Castillo-Coup)* über komplizierte Währungsmanipulationen des Ostblocks *(Gefährliche Texte)* bis hin zu illegalem Technologie-Transfer und Euro-Terrorismus, mit dem Molsner sich im vierten Band der Serie beschäftigt.

Die freischaffenden Ermittler Castrup und Stauder werden über ihre Zusammenarbeit mit dem bayerischen Landeskriminalamt in ein geplantes Terroristen-Kidnapping verwickelt: Der Chef einer Computerfirma, die gemeinsam mit einem großen Elektronikkonzern das psychoanalytische Therapieprogramm COPSY entwickelt hat, soll von einem Terroristen-Kommando entführt werden — sozusagen unter ständiger Polizeibewachung, um damit den Terrorbekämpfern einige Fäden des feingesponnenen logistischen Netzes des Euro-Terrorismus in die Hände zu spielen. Doch der Coup entwickelt sich zu einem Selbstläufer, der deutlich macht, wie sich die politischen und gesellschaftlichen Verhältnisse in der Bundesrepublik und Europa in den vergangenen zwanzig Jahren gewandelt haben. Mögen es vielleicht auch ein wenig zu viele aktuelle Anklänge sein, die Molsner in die Story einwebt, mit seinem neuen Roman hat er eine in ihrer Komplexität für den deutschen Krimi bisher einzigartige Story entworfen.

R. J.

Michael Molsner: Die Euro-Ermittler — Unternehmen COUNTER FORCE, München 1987, Piper Verlag, 220 Seiten, 11,80 DM

*

Madrid 1975: Der langsame Tod des spanischen Diktators Franco lähmt das Leben der

Stadt. Spekulationen über einen bevorstehenden Militärputsch verunsichern die Bevölkerung ebenso wie die Erwartung einer Demokratisierung des Landes. Inmitten dieser unsicheren politischen Lage versucht eine Gruppe von Menschen, der Wahrheit über einen anderen charismatischen Herrscher auf die Spur zu kommen: Dem britischen Journalisten Cockburn sind von einer mysteriösen Schauspielerin Tonbandaufnahmen mit Bekenntnissen des argentinischen Staatschefs Juan Perón angeboten worden. Der Exil-Argentinier und Perón-Kenner Roberto Fairrie soll im Auftrag Cockburns die Echtheit der Bänder prüfen und bei dem komplizierten Verkauf an die Weltpresse assistieren — doch schon bald melden sich auch ganz unerwünschte Interessenten an dem politischen Nachlaß, und hinter dem geplanten Geschäft wird ein Netz aus tückischen Intrigen und brutaler Gewalt erkennbar.

Julian Rathbones Roman *Der Katafalk* ist ein brillianter Polit-Thriller, dessen Spannung sich von der ersten Seite an durch die raffinierte Dramaturgie kontinuierlich steigert. *Der Katafalk* ist aber auch eine ausgezeichnete Studie über politische Gewalt und die Frage historischer Wahrheit.

Rathbone, Jahrgang 1935, kann bei seinen Romankonstruktionen auf eine 15jährige Lehr- und Forschungstätigkeit als Historiker zurückgreifen und er versteht es wie kaum ein anderer Autor, gesellschaftliche und politische Prozesse sowohl in ihrer ganzen Komplexität als auch ihren kleinen, individuellen Details darzustellen.

Bereits in den Romanen *Die Umwelt-Gangster* und *Vorsicht, Polizei* durchleuchtet er die Hintergründe eines politischen Rechtsrucks in einem fiktiven europäischen Land. Mit einer analytischen Intelligenz, wie sie beispielsweise Eric Ambler demonstriert, gelingt es Rathbone, politische Strukturen und politische Zusammenhänge zu vermitteln; zugleich erweitert er diese recht abstrakten Vorgänge seiner Plots stets um die menschliche und persönliche Dimension seiner Hauptfiguren, ihrer Fragen und Zweifel an den Wahrheiten, die sie präsentiert bekommen. Hier nähern sich Rathbones Geschichten den besten Romanen von John le Carré.

Mit *Der Katafalk* haben die Herausgeber der »Serie Piper Spannung« einen der besten politischen Romane des laufenden Jahres veröffentlicht, und es bleibt zu hoffen, daß Julian Rathbone in dieser Krimi-Reihe eine bessere Pflege zuteil wird als bei seinem früheren deutschen Verlag, wo seine Romane in der Masse durchschnittlicher Thriller untergingen.

R. J.

Julian Rathbone: Der Katafalk (Lying in State), Deutsch von Hilde Stallmach, München 1987, Piper Verlag, 203 Seiten, 12,80 DM, Deutsche Erstausgabe

*

Dichte Atmosphäre, psychologisch subtile, unaufdringliche Charakterstudien und unübertroffenes Lokalkolorit in Verbindung mit den Beschreibungen politischer und sozialer Verhältnisse seiner exotischen Schauplätze haben bereits die ersten Romane Detlef Blettenbergs ausgezeichnet. Nicht umsonst erhielt er für seinen Lateinamerika-Thriller *Weint nicht um mich in Quito* den Edgar -Wallace-Preis 1980/81.

Mit seinem neuen Roman *Siamesische Hunde* ist Blettenberg nun nicht nur ausstattungsmäßig – der 330-Seiten-Thriller ist als Hardcover erschienen – der endgültige Aufstieg in die Spitzenklasse des deutschen Thrillers gelungen. Souverän wird die aus zahllosen Handlungsfäden zusammengesetzte Geschichte entwickelt, in deren Mittelpunkt der deutsche Entwicklungshilfebeauftragte Brandau steht, der durch ein Versehen und verschiedene Fehleinschätzungen in einen Machtkampf des thailändischen Rauschgifthandels verstrickt wird. Bangkok nicht nur als Zielort eines florierenden Tourismusgeschäftes, sondern als Brennpunkt von politischen und wirtschaftlichen Interessen aller Schattierungen.

Egal ob es der amerikanische Geheimdienst, die thailändische Polizei, der Chef einer privaten Rauschgiftarmee oder irgendwelche westdeutsche Regierungsbeamte sind: Sie alle versuchen, ihre eigenen Interessen in der übervölkerten Millionenstadt durchzusetzen. Daß es bei der Suche nach einem Ausgleich all dieser Interessen nicht ohne Gewalt und Blutvergießen abgeht, scheint selbstverständlich, denn schließlich geht es um Rauschgiftgeschäfte in Millionenhöhe. Blettenbergs Verdienst ist es, diese Gewalt niemals spekulativ einzusetzen, sondern ihre Entstehung und Motive aus den Strukturen und Interessensgegensätzen der Beteiligten glaubhaft und vor allen Dingen spannend zu entwickeln.

R. J.

Detlef Blettenberg: Siamesische Hunde, Berlin 1987, Ullstein Verlag, Originalausgabe, 230 Seiten, 29,80 DM

*

Eine bunt zusammengewürfelte Clique von mittelmäßig erfolgreichen Jungbürgern – vom ehemaligen Waffenschmuggler über eine frustrierte Fernsehautorin bis zum Rechtsanwalt – plant den großen Coup, um endlich schnell reich zu werden und sich dann dorthin abzusetzen, wo das Leben billig und das Wetter am schönsten ist. Welche unterschiedlichen Motive und Erwartungen jeder einzelne mit dem Coup verbindet, erzählt Werner Waldhoff, mit dem »Deutschen Krimi-Preis« 1985 ausgezeichneter Krimi-Spezialist und Übersetzer in seiner neuen Kriminalgeschichte *Der tiefere Grund des Meeres.*

So unwahrscheinlich der Handlungsentwurf auch scheinen mag – als Vorlage für den Überfall auf die Passagiere eines Luxus-Kreuzfahrtschiffes dient den Amateur-Gangstern ein abgelehntes Filmdrehbuch der Fernsehautorin –, Waldhoff schafft es spielend, aus den irrealen Elementen seiner Geschichte eine über den üblichen Krimi hinausweisende Diskussion über Sinn und Unsinn des »bürgerlichen Lebens«, über verdrängte Träume und verlorene Illusionen zu entfesseln, die sich allerdings nie in den Vordergrund schiebt; die Folge: ein rundum gelungener Krimi zum Mit-Lachen, Mit-Fühlen und am Ende auch ein bißchen zum Mit-Träumen.

R. J.

Werner Waldhoff: Der tiefere Grund des Meeres, Frankfurt 1987, 150 Seiten, Brandes und Apsel, 19,80 DM

*

Das wichtigste Buch auf der Buchmesse, so meinte ein bekannter Cheflektor gegenüber der Redaktion, sei – und er nannte einen nicht unbekannten Autor und sein 1987 erschienenes Buch. Wir sind nicht dieser Meinung und halten hiermit dagegen:

Am 25. 2. 1922 wird Henri-Désiré Landru in Versailles hingerichtet. Alle großen europäischen Zeitungen hatten einst zu dem Prozeß gegen den Frauenmörder Korrespondenten nach Paris geschickt; für das Berliner Tageblatt kabelte Paul Block immer länger werdende Artikel nach Hause. 1933, im Pariser Exil, inmitten politischer Aktivität, taucht die Gestalt Landrus wieder vor ihm auf: 1926 hatte der berühmte Clown Grock den Frauenmörder bei einem Empfang des Polizeipräsidenten in Buenos Aires gesehen. Block hätte Wichtigeres zu tun, aber er beginnt von neuem über Landru zu recherchieren, denn die Geschichte läßt ihn nicht mehr los, und er erfährt folgendes: Landru lebe mit französischer Staatspension in Argentinien, die Morde seien erfunden, um die Öffentlichkeit von der Politik der französischen Regierung abzulenken, anstelle Landrus sei ein anderer guillotiniert worden.

Den Journalisten Block hat es nie gegeben, jedoch den Clown Grock, der seine Entdeckung in Buenos Aires im kleinen Kreis häufig zum Besten gab. Ebenso gibt es die Artikel, die Block nach Berlin kabelt sowie verschiedene Dokumente, die geschickt in die Handlung eingebaut wurden. Ein spannendes Spiel mit historischen Figuren tut sich auf, logische Zusammenhänge im widersprüchlichen Fall des Henri-Désiré Landru werden konstruiert. Ein wahres Lesevergnügen, in dem sich Fiktion und historische Wahrheit vermischen, ihren Charakter austauschen.

Zur Intention seines Romans befragt, meint Autor Jürgen Alberts folgendes: »So unscheinbar und unwahrscheinlich diese Konstruktion sein mag, sie enthält etwas von dem, was wir heute mit dem geläufigen Wort ‚Informationspolitik' bezeichnen. Fast unbemerkt für die Öffentlichkeit vollzieht sich die Herausbildung einer Medien-Realität, in die Interessierte ihre Darstellung von Wirklichkeit einfügen können. Wie weit diese Steuerung durch die Medien gehen kann, zeigt unsere jüngere Geschichte. Der systematische Aufbau einer Ablenkungsmaschine im Faschismus ist die konsequente Nutzung der Kommunikationsapparate. Landru und seine Behandlung in den Medien kann ein Modell sein. Es mag alles Zufall genannt werden, was in diesem Roman ausgebreitet wird, aber es ist genauso möglich, daß nichts zufällig war.«

Ein Buch, das »fiction« auf den Begriff bringt.

Jürgen Alberts: Landru, Stuttgart 1987, Klett-Cotta, 261 Seiten, 28,– DM

*

Der Kommissar sieht rot

John Leyden, scheinbar Urtyp des guten Amerikaners, steht kurz vor seiner Nominierung zum Präsidentschaftskandidaten, als ein junger Journalist bei der Erforschung von Leydens Ahnenreihe einige schmutzige Details über den Großvater des Kandidaten herausfindet. Doch damit nicht genug – Leydens gewissenloser Halbbruder und Wahlkampfmanager versucht mit allen Mitteln zu verhindern, daß dieser Fleck auf Leydens Weste an die Öffentlichkeit dringt: Er inszeniert eine weltumspannende Jagd nach dem ahnungslosen britischen Ahnenforscher Warwick Todd, dessen Wissen das »Aus« für die politische Karriere Leydens bedeutet.

Der Thriller *Die tanzenden Männer* von Duncan Kyle ist vor allem auf amerikanische Verhältnisse zugeschnitten, auf die inneren Mechanismen der Wahlkampfschlacht um die Präsidentschaftskandidatur und all die kleinen schmutzigen Machenschaften, mit denen dabei operiert wird. Wer tieferen Einblick und ein realistisch konstruiertes Abbild dieses politischen Bereichs erwartet, wird von dem zwar aktionsreichen, aber dennoch oberflächlichen Roman enttäuscht. Der Meister des geschichtlich fundierten Spionagethrillers, Anthony Price, mag bei Kyles historisierender, drei Kontinente umspannenden Polit-Seifenoper Pate gestanden haben, aber wie in vielen Fällen ist auch hier das literarische Vorbild besser als die Nachahmung.

Duncan Kyle: Die tanzenden Männer, Deutsche Erstausgabe, Berlin 1987, Ullstein Verlag, 272 Seiten, Deutsch von Ulrich Binder, 8,80 DM (Thriller 20758)

*

Alles, was man bisher in Polit-Thrillern über ungeheuerliche Komplotte und finale Menschheitsbedrohungen gelesen hat, stellt E. W. Pless, ansonsten ausgewiesener Spezialist für spannungsreiche und aktuelle Geschichten vor dem Hintergrund aktueller Weltpolitik, mit seinem Thriller *Signum F* in den Schatten. In seinem »Roman einer Weltverschwörung«, so der reißerische Untertitel, mixt Pless bedenkenlos und sämtliche Grenzen des guten Geschmacks überschreitend Elemente der Spannungsliteratur der letzten Jahre zu einem Cocktail, der alle Züge einer Genreparodie trägt, wäre da nicht die Ernsthaftigkeit, mit welcher der Autor in Vor- und Nachwort auf die Authentizität seines Stoffes in geradezu peinlicher Aufdringlichkeit hinweist.

Die allumfassende Menschheitsverschwörung, so behauptet »Signum F«, geht von einer Gruppe ultraradikaler Alt-Nazis aus, die gemeinsam mit der südamerikanischen Kokain-Mafia genügend Geld gemacht haben, um nun zu ihrem letzten, vernichtenden Schlag auszuholen: Mit einem tödlichen Virus aus ihren Geheimlabors wollen sie Washington und Moskau zu einer Wiedervereinigung Deutschlands zwingen. Ein Plan, der – natürlich – in letzter Sekunde durch den Einsatz eines heldenhaften Agenten des Bundeskriminalamtes verhindert werden kann, ohne daß damit allerdings die bereits freigesetzten Todesviren unschädlich gemacht werden können. Unterschwellig suggeriert Pless in seiner Romankonstruktion damit (über die doppelten und dreifachen Hintergründe seiner Story hinaus) nicht nur die Existenz eines internationalen machtpolitischen Ränkespiels von geradezu paranoider Qualität, sondern auch eine dümmliche Theorie über die Herkunft des lebensbedrohenden AIDS-Erregers.

E. W. Pless: Signum »F«, Reutlingen, Rehkugler & Voss-Verlag, 315 Seiten, Originalausgabe, 29.80 DM

*

Von James Bond sind wir bereits einiges an Unglaubwürdigkeiten über das Spionagegeschäft gewöhnt. Was allerdings Armin Och in seinem Roman über die Verstrickung des arbeitslosen Schweizers Dorian Weber als *Spion zwischen den Fronten* zu erzählen weiß, überschreitet jedes Maß an gutem Willen, das der Leser von Spionagegeschichten aufzubringen bereit ist. Och, bereits durch mehrere, in der Schweiz angesiedelte, kaum mehr als durchschnittliche Spionageromane in die Öffentlichkeit getreten, hat damit seine bisher sowohl sprachlich als auch dramaturgisch schwächste Geschichte präsentiert.

Da engagieren gewissenlose Agenten eines unschwer zu

identifizierenden östlichen Machtblocks den harmlosen Schweizer, um mit einem neuentwickelten Lasergerät zahlreiche experimentelle Attentate auf Autos und Panzer, Menschen und Sachen durchzuführen. Aufgedeckt und beendet wird das unglaubwürdige Spionage-Spielchen letztlich von einem – wie könnte es anders sein – tapferen und klugen Schweizer Abwehroffizier, der die Affäre von Anfang an im Auge behalten hatte, aber zur letzten Wahrheitsfindung dann doch noch einen wahrhaft genialen Geistesblitz benötigt.

Armin Och: Spion zwischen den Fronten, München 1987, Verlag Droemer Knaur, Originalausgabe, 8,80 DM

*

Ein passionierter Krimileser untersucht Verbindungslinien, die es zwischen der fiktiven Realität des Krimis und der sozialen Wirklichkeit gibt, da die Entwicklung des Kriminalromans mit der Geschichte der bürgerlichen Gesellschaft verwoben ist: Der Konflikt zwischen bürgerlichen Werten und deren Negation spiegelt sich in den Schauplätzen, Schurken und Helden der Romane wider, aber auch in der Haltung, die die Autoren zu Gewalt und Kriminalität an den Tag legen. Das Ganze – auf 172 Seiten inklusive Register und Verlagsanzeigen ausgebreitet – nennt sich dann *Sozialgeschichte des Kriminalromans.*

Ein durchaus löbliches Unterfangen, das sicher interessante Thesen zum Krimi formuliert, wäre da nicht jenes Durcheinander, welches ein – wie auch immer geartetes – Lektorat anrichten kann. Da heißt es im Vorspann, Verlag und Übersetzer hätten »sich darum bemüht, die deutschen Titel der zahlreichen Kriminalromane anzugeben, die im Text erwähnt werden«, und »auf die deutsche Fassung haben wir nur dann verzichtet, wenn keine deutsche Übersetzung zu ermitteln oder aber die Identifizierung nicht eindeutig möglich war«. Abgesehen davon, daß es mittlerweile eine einschlägige Bibliographie gibt, fiel zunächst auf, daß Standardtitel – z. B. von Rex Stout oder Agatha Christie –, die seit 20 Jahren durchgängig auf dem deutschen Buchmarkt lieferbar sind, *nicht* mit dem deutschen Titel angeführt wurden.

Dies veranlaßte die Redaktion von MORDSLUST,

umfangreiche Recherchen in Auftrag zu geben: privat eye Reinhard J. aus Essen (Detektei: Krimi-Archiv) kam zum Schluß, daß statt des Buchtitels *Ein schöner Mord »Ein schönes Durcheinander«* angebracht wäre. Hier in Auszügen sein Ergebnisbericht, der uns das Studium des Inhalts vergessen ließ: (S. 26:) Stuart Palmer *The Puzzle of The Red Stallion* (engl. Titel: *The Puzzle of the Bruyere Pipe*) erschien 1957 bei Goldmann (109) als *Die Bruyere-Pfeife,* bzw. 1983 als *Das Rätsel des roten Hengstes* (Heyne 2040); (S. 30:) Mary Robert Rinehart schreibt sich in Wirklichkeit *Mary Roberts Rinehart;* (S 33:) *The Plague Court Murders* von J. Dickson Carr erschien unter seinem Pseudonym Carter Dickson und 1962 als *Spuren am Klippenrand* (Sigbert Mohn Tb 94); (S. 45:) statt *Leb wohl . . .* muß der Titel *Leb-wohl, mein Liebling* lauten; (S. 65:) Der Erfinder von Inspektor Ghote schreibt sich nicht *Keeting,* sondern *H(enry) R(eynolds) F(itzwalter) Keating;* (S. 65:) John Balls schwarzer Detektiv heißt *Virgil Tibbs* und nicht *Virgils Tibbs;* (S. 65:) Der Erfinder von Jose Da Silva schreibt sich *Robert L. Fish* und nicht *R. L. Fisk;* (S. 70:) *The Ipcress File* heißt auf Deutsch *Ipcress — streng geheim* und nicht *Iporess — Streng geheim;* (ebda.) *OSS 117 N'est Pas Mort* erschien 1957/58 zweimal bei Ullstein (158, bzw. 732) als *Männer, Frauen und Gefahren — OSS 117 lebt noch;* (S. 75:) *A Patriotic Murder* von Agatha Christie (engl. Titel: *One, Two, Buckle My Shoe)* erschien als *Das Geheimnis der Schnallenschuhe* 1951 (Scherz Nr. 39); (S. 83:) *The Green Ripper* von John D. MacDonald erschien als *Der grüne Tod* 1980 (Heyne 1901); (S. 84:) Könnte mit *Vladimir Wolchow* vielleicht der französische Autor Vladimir Volkoff gemeint sein? Ebenfallls aus der UdSSR emigriert, schrieb auch er einen Roman namens *Le Montage,* den es seit 1984 als *Die Absprache* bei Klett-Cotta gibt; (S. 88:) *Emma Lather* heißt *Emma Lathen;* (S. 89:) *The Detling Secret* von J. Symons gibt es seit 1983 als *Billard mit dem Mörder* (Goldmann 5235) — die Originalausgabe erschien auch nicht 1984, sondern 1982; (S. 89:). San Antonio (alias Frederic Dard) soll irgendwann einmal im Spionagegeschäft gewesen sein? Wo ist der Beweis?; (S. 90:) -ky soll Kriminologe gewesen sein? Nie und nimmer (vgl. MORDSLUST 1); dassel-

be gilt für P. D. James; (S. 97:) *A Cœur Perdu* erschien 1983 als *Mord bei 45 Touren* (rororo 2624); (S. 98:) John le Carre's (nicht Le Carré!) *The Little Drummer Girl* ist in Deutschland seit 1983 als *Die Libelle* erhältlich; (S. 104:) Jerry-Cotton-
Autoren sollen 300 Dollar (sic!) pro Heft bekommen haben? Cotton ist eine *deutsche* Heftserie, und dementsprechend werden die Autoren auch in DM ausgezahlt und zwar mit 1500 bis 2000 DM pro Heft (früher mit 1000 bis 1500 DM); (S. 110:) Don Pendletons *War Against The Mafia* war der erste Band der *Executioner*-Serie und erschien 1972 deutsch als *Der Mafia-Killer: Auftakt zum Totentanz* (Heyne 1469) – am Anfang des Absatzes nennt der Autor diese Anti-Mafia-Geschichten einen »primitiven Typ der Groschenhefte« und führt den Pendleton-Roman als erstes Beispiel an. Weiter unten heißt es dann: »Die besten oder zumindest am wenigsten schlechten Bücher dieser Anti-Mafia-Schule waren die Executioner-Serie ...« Was denn nun: die schlechtesten oder die am wenigsten schlechten? Und weiter: »... die Matt-Helm-Serie ...« – sie war eine CIA-Agenten-Reihe, die das James-Bond-Muster imitierte. (S. 135:) Dürrenmatts Buch heißt *Der Verdacht,* nicht nur *Verdacht;* (S. 145:) richtig ist *Ross Macdonald* nicht *Ross MacDonald* ... usw.

Aus Platzgründen wird hier abgebrochen: Viele Titel gäbe es noch anzuführen, die bereits auf Deutsch erschienen sind, aber im vorliegenden Opus nicht als solche ausgewiesen werden. Vielleicht wäre es doch besser gewesen, bibliographische Hinweise stets mit Originaltitel *und* deutschem Titel anzuführen. Generell jedoch ist zu sagen, daß bei einem Werk, das sich *nur* mit Krimis beschäftigt, eine gewisse editorische Sorgfalt an den Tag gelegt werden sollte, da ansonsten folgendes Zitat zum Tragen käme: »Eine Ware kann, wie wir wissen, keinen Tauschwert haben, wenn sie keinen Gebrauchswert hat.« (S. 78) – Und für einen Tauschwert von 28,– DM sollte man schon einen gewissen Gebrauchswert erwarten dürfen.

Ernest Mandel: Ein schöner Mord – Sozialgeschichte des Kriminalromans, Frankfurt 1987, Athenäum Verlag, 176 Seiten, Preis: 28,– DM

*